Ulrich Gilga

Der Tod des Jägers

Ulrich Gilga

Der Tod des Jägers
Isaac Kane Nr. 10

1. Auflage, Hardcover-Edition

Alle Rechte bei Ulrich Gilga

Copyright © 2025
by Ulrich Gilga
c/o WirFinden.Es
Naß und Hellie GbR
Kirchgasse 19
65817 Eppstein
https://schreibwerkstatt-gilga.de

Lektorat: Andrea Hagemeier-Gilga | Isabelle Schuster

Cover: Azraels Coverwelten - Azrael ap Cwanderay

Ulrich Gilga in den sozialen Medien:
Homepage: https://schreibwerkstatt-gilga.de/
Facebook: https://facebook.com/UlrichGilgaAutor/
Instagram: https://instagram.com/ulrichgilga/
Amazon: https://amzn.to/3T1Izkn

ISBN: 978-3-98966-047-2

Inhalt

Bereits erschienen	6
Der Tod des Jägers	7
Hardcover Bonuskapitel	81
Im Büro	82
Im Tunnel	83
Angriff auf Carvill	84
Alternative Gagdrar	85
Ingrid	86
Eine Familien-Inspiration	87
Isaac Kanes Leserseite	89
Vorschau	99
Die Baghnakh	101
Zum Autor	103

Bereits erschienen

Ich freue mich, wenn Dir dieser Band gefällt. Hier ein Überblick über die bereits erschienenen oder vorbestellbaren Bände (eBook, Softcover, Hardcover, Hörbuch):

- Im Keller des Ghouls
- Die Hand des Werwolfs
- Die Rückkehr des Gehenkten
- Das Grauen aus dem Bild
- Hotel der Alpträume
- Die Zombie-Brigade
- Rache aus der Vergangenheit
- Die Vampir-Allianz
- Das Grauen schleicht durch Wien (Sonderband Nr. 1 – Michael Blihall)
- Der gefallene Exorzist
- Wünsche, die der Teufel erfüllt
- Der Tod des Jägers – Teil 1
- Abstieg in die Dunkelheit – Teil 2
- Der vergessene Dämon
- TBD …

Der Tod des Jägers

1

Im ersten Moment wusste er nicht, wo er war, als das Klingeln des Telefons die Stille durchbrach. Nach anfänglicher Verwirrung wurde ihm klar, dass er vor Erschöpfung eingeschlafen sein musste.

Tom Siegel wischte sich über die brennenden Augen und sah auf die Uhr. Es war fast Mitternacht. Vor etwas mehr als zwei Stunden waren Isaac, Pat und Ingrid gegangen. Er hingegen hatte sich entschlossen, in der Zentrale zu bleiben. Seitdem er die Aufgaben von Diego Garcia übernommen hatte, der seit dem Angriff[1] immer noch im Krankenhaus lag, war er kaum noch in seiner Wohnung gewesen, sondern hatte sich am Ende des Arbeitstages meist entschieden, auch die Nacht hier zu verbringen. Möglichkeiten dazu gab es genug.

Derweil klingelte das Telefon, das im Nebenraum auf Garcias Schreibtisch stand, unaufhörlich weiter, während Tom erkannte, dass er offenbar am Besprechungstisch eingeschlafen sein musste, nachdem seine Partner gegangen waren. Die letzten Tage waren für alle sehr anstrengend gewesen. Nicht nur, dass Ian West immer noch verschwunden war, auch der letzte Fall, bei dem Gagdrar wieder einmal seine Finger im Spiel gehabt hatte, um in London eine obskure Falle einzurichten, die dazu geführt hatte, dass Menschen, getrieben von Visionen, mordeten, hatte ihnen keine Zeit zum Durchatmen gelassen[2]. Was der Statthalter mit dieser Aktion bezweckte, war ihnen allen zudem ein Rätsel geblieben … Isaac hatte ihnen erzählt, dass er das eigentliche Ziel der Dämonen gewesen sei, die Gagdrar in London platziert hatte. Aber es schien auch, dass jeder von ihnen ein aktuelles Angriffsziel war. Diego zumindest war für den Moment in Sicherheit, aber die anderen Jäger sollten sich eine Sicherheitsstra-

---
[1] Siehe Band 8: Der gefallene Exorzist
[2] Siehe Band 9: Wünsche, die der Teufel erfüllt

tegie überlegen, wenn sie das nächste Mal zusammen waren.

Tom stand auf, denn seine Hoffnung, der Anrufer würde auflegen und es später noch einmal versuchen, erfüllte sich nicht. Da Ar'ath bei seinem Angriff große Teile der Infrastruktur des Hauptquartiers zerstört hatte, gab es im Moment keine Telefonzentrale, in der Anrufe entgegengenommen werden konnten. Tom rieb sich erneut die Augen und nahm sich vor, gleich nach dem Telefonat ins Bett zu gehen, um seine Energiereserven wieder aufzufüllen. Während er zu Garcias Schreibtisch schlurfte, massierte er unbewusst seine Lendenwirbel. Er verfluchte sich dafür, dass er nicht sofort eines der verfügbaren Betten aufgesucht hatte, als die anderen Jäger sich auf den Weg gemacht hatten.

Als er um den Tisch herumging, um den Hörer abzunehmen, stolperte er über den Papierkorb, den er am Nachmittag unter dem Tisch hervorgezogen hatte, um etwas hineinzuwerfen. Klappernd flog der Plastikeimer kurz durch die Luft und entleerte sich auf den Boden. Mit einem Fluch auf den Lippen ließ Tom sich in den Schreibtischstuhl fallen und fischte den Hörer aus der Gabel.

»Was ist?«, murmelte er undeutlich in den Apparat, war aber im nächsten Moment hellwach.

»Mr. Siegel, sind Sie das?«, fragte der Mann am anderen Ende der Leitung, und der Jäger erkannte sofort die Stimme von Rohan Heath, dem Manager des Hotels, in dem sie Sara Vincent untergebracht hatten. Im Gegensatz zu seiner sonstigen Art, die Tom aus einigen Gesprächen mit ihm kannte, klang der Mann aufgebracht und nervös. Auch sein australischer Akzent, den er sonst peinlichst zu verbergen suchte, hatte die Oberhand gewonnen.

»Ich bin es, Mr. Heath. Was ist los? Ist etwas passiert?«

Obwohl Sara Vincent den Test mit der Tigerkralle bestanden hatte, den Isaac an ihr durchgeführt hatte[1], hatte Tom dem Manager eingeschärft, die Frau in Ruhe zu lassen und sich sofort bei ihm zu melden, wenn etwas Ungewöhnliches passierte.

---

[1] Siehe Band 8: Der gefallene Exorzist

»Ich wurde von Gästen angerufen, die sich über den Lärm im Zimmer neben ihrem beschwerten. Sara Vincents Zimmer. Ein Mann erzählte, dass er mehrmals die Schreie einer Frau gehört habe. Die Frau, die mit ihrer Mutter das Zimmer auf der anderen Seite bewohnt, erzählte noch mehr. Zuerst seien Möbel zertrümmert worden, dann habe sie etwas gehört, das wie eine Mischung aus Hund, Bär und Wolf geklungen habe. Natürlich glaubte ich ihr kein Wort, aber ich musste mich selbstverständlich vergewissern, was an der Sache dran war. Also ging ich nach oben, um nach dem Rechten zu sehen.«

»Ich hatte Ihnen doch eingeschärft, mich sofort zu informieren«, rief Tom in den Hörer, während ein Gefühl der Beklemmung in ihm aufstieg.

»Ich weiß, aber in dem Moment war ich zu durcheinander«, verteidigte sich der Hotelmanager. »Also bin ich gleich hoch zum Zimmer von Mrs. Vincent gegangen. Eigentlich wollte ich nur nachsehen, ob alles in Ordnung ist, aber dann sah ich, dass sich im Holz der Zimmertür ein großer Riss gebildet hatte, der fast über die ganze Länge ging. In der Mitte war der Riss so breit, dass ich hineinschauen konnte, was ich auch tat. Ich war schockiert. Schon durch die kleine Öffnung konnte ich sehen, dass einige Möbel zerbrochen waren. Als ich mich dann gegen die Tür lehnte, um besser sehen zu können, schwang sie plötzlich einfach auf. Offenbar war auch das Schloss zerstört und die Tür nur angelehnt. Im letzten Moment konnte ich mich am Rahmen festhalten, um nicht zu stürzen.«

»Was ist mit Mrs. Vincent?«, fragte Tom und merkte selbst die Nervosität in seiner Stimme. »Geht es ihr gut?«

»Das weiß ich nicht, Mr. Siegel«, antwortete der Hotelmanager und schien sich zum ersten Mal seit Beginn des Gesprächs wieder unter Kontrolle zu haben. »Beide Flügel des großen Fensters standen offen und die kalte Nachtluft schlug mir entgegen. Auf dem Boden lagen zerrissene Kleidungsstücke und etwas, das die Bettdecke gewesen sein musste, bevor jemand oder etwas sie in kleine Stücke gerissen hatte. Aber das Zimmer war leer. Keine Spur von der Frau. Widerstrebend schaute ich aus dem Fenster, um mich zu vergewissern, dass sie nicht gestürzt war. Da bemerkte ich, dass auch im Fensterrahmen Spuren vorhanden waren, die für mich aussahen, als hätte sie ein wildes Tier hinterlassen!«

2

Nachdem er dem Hotelmanager versprochen hatte, so schnell wie möglich vorbeizukommen, legte Tom den Hörer auf, lehnte sich in seinem Bürostuhl zurück und schloss die Augen.

Die Müdigkeit, die inzwischen jede Faser seines Körpers zu kontrollieren schien, überfiel ihn wieder ungebremst. Mit einem Ruck sprang er auf, und der Stuhl rollte, vom Schwung angetrieben, nach hinten, bis er von einem Aktenschrank gestoppt wurde. Tom zuckte bei dem kurzen Knall zusammen, hatte aber das Gefühl, wieder wach zu sein.

Inzwischen hatte der große Zeiger der Uhr Mitternacht überschritten. Der nächste Tag war angebrochen. Tom ging ins Badezimmer neben Ian Wests Büro und drehte den Wasserhahn auf. Das Gesicht, das ihn aus dem Spiegel anblickte, zeigte mit jedem Muskel die Erschöpfung, die seinen Körper beherrschte. Immer wieder warf er sich eiskaltes Wasser ins Gesicht und redete sich ein, das würde ihm helfen, wieder fit zu werden. Trotz des Widerstands seines Körpers rasten seine Gedanken. Was sollte er tun? Erst einmal allein zum Hotel fahren, um sich einen Überblick zu verschaffen? In seinen früheren Tagen als Jäger, bevor er Ian Wests persönlicher Bodyguard und Fahrer geworden war, hatte das zu seinen regelmäßigen Aufgaben gehört. Und natürlich trainierte er immer noch. Jeder in der Organisation musste in Form bleiben und sich regelmäßigen Tests unterziehen.

Aber in den letzten Tagen nach Wests Verschwinden und dem Angriff auf das Hauptquartier hatte er fast die ganze Zeit gearbeitet.

Zuerst, um bei der Suche nach ihrem Anführer zu helfen, und dann, um Diego zu vertreten, der den dämonischen Angriff, der einen Großteil ihrer Infrastruktur in Mitleidenschaft gezogen hatte, nur durch Glück und dank Ingrid Greens Einsatz überlebt hatte. Sein Instinkt sagte ihm, dass er nicht allein zum Hotel gehen sollte, dafür war die Situation zu gefährlich. Einen Moment lang zögerte er, Isaac anzurufen, schließlich hatte der zusammen mit Ingrid Green das Hauptquartier verlassen und zwischen den beiden schien sich etwas anzubahnen, aber ihm blieb keine Wahl. Er trocknete sich Hände und Gesicht ab und verließ das Bad. Ein kalter Luftzug traf ihn und er zuckte zusammen, bevor er regungslos stehen blieb.

Irgendetwas war anders als vor ein paar Minuten, als er das Bad betreten hatte. Er kannte die Räumlichkeiten des Hauptquartiers gut genug, um zu wissen, dass ihn an dieser Stelle Zugluft nur treffen konnte, wenn vorne eine Tür oder ein Fenster offenstand. Aber er war sich sicher, dass er alles geschlossen hatte, bevor die drei Jäger eingetroffen waren. Sollten Pat oder Isaac vergessen haben, hinter sich abzuschließen, nachdem sie das Gebäude verlassen hatten? Völlig unmöglich – dafür waren sie zu gut ausgebildet, egal wie erschöpft sie auch sein mochten. Instinktiv tastete Tom nach seiner Waffe, doch die Finger griffen ins Leere. Er hatte das Holster mit dem Colt abgelegt, während er sich am Telefon um die Koordination der verschiedensten Dinge gekümmert hatte. Tom drehte seinen Oberkörper ein wenig zur Seite, um Garcias Schreibtisch zu sehen, auf dem die Waffe lag. Innerlich verfluchte er sich, obwohl er wusste, dass bis zu dem Angriff von Ar'Ath in Pater Leonard Bradys Körper die Anlage nahezu uneinnehmbar gewesen war. Jetzt rächte sich die Gewohnheit, der sie trotz aller Vorsicht unbewusst verfallen waren.

Tom blickte den Gang entlang, der den großen Raum, in dem die meisten Schreibtische standen, mit den anderen Büros verband und bis zur Eingangstür führte. Noch immer waren die Schäden sichtbar, die der Angriff auf die Zentrale hinterlassen hatte. Zwar waren die

Möbel bereits entsorgt und teilweise ersetzt worden, aber die Malerarbeiten waren noch nicht abgeschlossen. An den Wänden konnte man nach wie vor Löcher und Brandflecken erkennen. Bevor sie gegangen waren, hatten seine Partner offenbar das Licht im Eingangsbereich ausgeschaltet, so dass außer dem Großraumbüro und dem Bad, aus dem er gerade gekommen war, der Rest der Räume im Halbdunkel lag. Tom griff hinter sich und drückte auf den Schalter, der das Licht im Badezimmer ausschaltete. Nun war auch er im Dunkeln, was er sich als Vorteil erhoffte, falls außer ihm noch jemand hier war. Ein Schweißtropfen bahnte sich den Weg in sein linkes Auge. Sofort begann es zu brennen, und instinktiv griff er nach oben. In diesem Moment ertönte in der Nähe des Eingangs ein Geräusch, als wäre ein Stuhl umgefallen. Jetzt war es klar – er war nicht mehr allein!

Sein Herz machte einen zusätzlichen Schlag, dann übernahmen seine Instinkte und sein Training die Oberhand. Mit ein paar schnellen Schritten eilte er zum Schreibtisch und griff nach der Waffe. Obwohl er wusste, dass sein Gegner in der Dunkelheit vielleicht besser sehen konnte als er, schaltete er die Lampen im Großraumbüro aus. Das Summen der Leuchtstoffröhren, an das man sich mit der Zeit gewöhnte, verstummte, während gleichzeitig die Lichter ausgingen. Jetzt gab es nur noch die Notbeleuchtung an der Decke, deren grüner Schein einen Teil der Wände in ein unheimliches Licht tauchte. Sonst brannte nur noch die Glühbirne über der Tür zum Keller, wo sich die Zellen der Gefangenen und Dämonen befanden.

Alle Müdigkeit war aus seinem Körper gewichen. Er hielt die Pistole im Anschlag und überlegte, was er tun sollte. Sieben Schuss waren im Magazin. Ein Ersatzmagazin lag in seinem Schreibtisch, aber der stand in einem der vorderen Büros. So oder so musste er zur Eingangstür gehen, wenn er wissen wollte, wer noch mit ihm hier war, und wenn er mehr Munition holen wollte. Doch zunächst schlich er sich zur Treppe, die in den gesicherten Bereich führte. Die Spuren des Kampfes waren nicht zu übersehen, Garcias Blut war zwar weggewischt worden, aber Reste waren noch zu erkennen. Es war an der Zeit, die Arbeiten auch hier fortzusetzen. Tom vergewisserte sich, dass die Tür zu den unteren Etagen immer noch verschlossen war, wo Pater Leonard Brady wieder in einer Zelle saß, gebannt durch das Gewand Gregors des Großen, um sicherzustellen, dass Ar'Ath, der immer noch in ihm war, keine Chance hatte, seine Macht erneut auszuüben. Sie hatten gesehen, wozu der Dämon fähig war, wenn er seine Kräfte entfalten konnte. Ingrid hatte mit Hilfe von Kirchenunterlagen einiges herausgefunden. Ar'Ath, eine uralte Entität, ein körperloser Dämon, der von Wirt zu Wirt wanderte. Gefährlich wurde er durch seine besonderen Fähigkeiten. Er konnte dämonische Wesen erschaffen, die aus den Körpern der Besessenen hervorbrachen. Aber die größere Gefahr ging wohl von seiner anderen Fähigkeit aus, denn er sollte in der Lage sein, Tore in andere Dimensionen zu öffnen, die in die Abgründe des Schreckens führten. Und diese Tore waren angeblich begehbar, was bedeutete, dass Feinde und Kreaturen durch sie zwischen den Welten wechseln konnten.

Ein Klacken ließ ihn zusammenzucken, und er ging zwei Stufen hinunter, um sich hinter der Wand zu verstecken. Toms Herz hämmerte und er glaubte fast, dass das Geräusch, welches das in den Adern pulsierende Blut in seinen Ohren verursachte, laut genug war, um von anderen bemerkt zu werden. Wieder war das Geräusch zu vernehmen, aber er konnte es nicht einordnen. Er war sich sicher, es schon einmal gehört zu haben. Im nächsten Moment fiel wieder etwas zu Boden, gefolgt von absoluter Stille.

Er musste wissen, wer oder was mit ihm hier war. Und er brauchte sein zweites Magazin. Die Deckung der anderen Schreibtische ausnutzend, eilte Tom zur Ecke des Ganges, an deren Ende die Eingangstür und in deren Mitte sein Büro lag. Wieder wischte er sich den Schweiß aus den Augen, bevor er einen Blick riskierte. Der Weg lag unverändert vor ihm, und das einzige Geräusch, das er hören konnte, war sein gepresster Atem. Abermals überlegte er, was er tun sollte. Im Moment war er eindeutig in der schwächeren Position und Hilfe von außen war im Moment nicht zu erwarten. Entgegen seinem ursprünglichen Plan schlich er zurück, bis er sich wieder in Ian Wests Büro befand, ohne den Blick von der Dunkelheit zu wenden, die vor ihm lag.

Leise schloss Tom die Bürotür und drehte den Schlüssel um. Er hatte beschlossen, Pat Walsh anzurufen und ihn zu bitten, so schnell wie möglich ins Hauptquartier zu kommen, denn er hatte einen kürzeren Anfahrtsweg als Isaac. Vielleicht würden sie den Eindringling, der sich gerade mit ihm im Gebäude aufhielt, in die Zange nehmen können. Tom blieb dicht am Boden, da die Dunkelheit des Raumes ihn behinderte. Wests Büro, das sich im Inneren des Komplexes befand, hatte keine Fenster, so dass er das Licht hätte einschalten müssen, um mehr sehen zu können, aber er wollte vermeiden, dass ein Leuchten unter der Tür verriet, wo er sich befand. Am Schreibtisch angekommen, richtete er sich auf und griff nach dem Hörer. Er hatte die Nummern seiner Partner im Kopf und begann zu wählen. Sein Verstand gaukelte ihm vor, dass das Klicken, wenn die Wählscheibe in ihre Ausgangsposition zurückkehrte, überall zu hören sein müsste. Noch eine Nummer und es würde am anderen Ende der Leitung klingeln. Jetzt musste Pat nur noch zu Hause sein und den Anruf entgegennehmen. Sonst würde er Isaac anrufen.

Bevor Tom die letzte Nummer wählen konnte, zersplitterte die Tür zu Wests Büro wie von einer Bombe getroffen. Für den Bruchteil einer Sekunde verharrte die Hand des Jägers über dem Telefon, und in seinem Kopf blitzte der Gedanke auf, wie groß der Werwolf mit dem hellen Fell war, der durch das Holz gebrochen war und nun vor dem Schreibtisch stand.

Der Moment, als die Bestie sich auf ihn stürzte und Tom sich des Colts in seiner anderen Hand bewusst wurde und auf sie feuerte, war fast eins.

3

Jamie Carvill gähnte, als er die Treppe zur *Tottenham Court Road* hinunterging. Er warf einen kurzen Blick auf das goldene Zifferblatt seiner Armbanduhr, und mit einem Fluch beschleunigte er seine Schritte. In spätestens zwei Minuten würde der Zug der *Northern Line* einfahren, und wenn er ihn verpasste, würde er fast eine halbe Stunde warten müssen, um dann die letzte U-Bahn zu erwischen, bevor die Station geschlossen wurde.

Carvill, ein großer, schlaksiger Mann in einem dunklen Anzug, unter dessen Weste er ein hellblau gestreiftes Hemd und eine ebenso dunkle Krawatte mit dezentem Goldmuster trug, beschleunigte seine Schritte. Er wechselte den Stockschirm in die Hand, in der er bereits seine Aktentasche hielt, um sich mit der freien Hand am Geländer festhalten zu können. Außer ihm befand sich niemand mehr in der Station, aber daran war Carvill bereits gewöhnt. Es war nicht das erste Mal, dass er bei seiner Arbeit für eine der renommiertesten Wirtschaftsprüfungsgesellschaften der Hauptstadt erst nach Mitternacht aus dem Büro kam, vor allem, wenn es um Mandanten ging, deren Unterlagen etwas mehr Aufmerksamkeit erforderten, um die ›kreative Buchführung‹ zu verschleiern. Aber dafür wurde er gut bezahlt. Und da sein Büro direkt über der U-Bahn-Station lag und seine Wohnung nur fünf Minuten von seinem Zielbahnhof entfernt war, fuhr er nie mit dem Auto ins Büro.

Die Lautsprecher in der Station kündigten die Ankunft des Zuges an, und Carvill beschleunigte seine Schritte. Um zu den Gleisen zu gelangen, musste er noch zwei Rolltreppen passieren, von denen die erste außer Betrieb war. Die unzähligen Reklametafeln an den Wänden, die für Sandwiches, Schwangerschaftsberatung oder Urlaubsziele warben, zogen an ihm vorbei, während Carvill die Stufen hinunterrannte. Bevor er die zweite Rolltreppe erreichte, ertönte das akustische Signal, das das baldige Schließen der Zugtüren ankündigte. Noch einmal mobilisierte er seine Kräfte und nahm stets mindestens zwei Stufen, um den Zug noch zu erreichen. Auf der anderen Seite fuhr ein Pärchen die Rolltreppe hinauf, das ihm amüsiert nachblickte, als er an ihnen vorbei eilte.

Als Jamie Carvill um die Ecke bog, um den Bahnsteig zu betreten, begannen sich die Türen des Zuges zu schließen. Wäre er in diesem Moment nicht auf einer Eisverpackung ausgerutscht, die jemand achtlos auf den Boden statt in einen der bereitstehenden Mülleimer geworfen hatte, hätte er es wohl noch geschafft. So nahm ihm die unerwartete Bewegung den Schwung und er musste sich abfangen, um nicht hinter dem Zug auf die Gleise zu stürzen. Mit dem typischen Geräusch verriegelte der Fahrer die Türen der Wagen und der Zug setzte sich in Bewegung. Obwohl er wusste, dass es nichts nützen würde, winkte Carvill noch einmal, doch nach wenigen Sekunden stand er allein auf dem Bahnsteig.

Es war nicht das erste Mal, dass er den Zug verpasst hatte, aber wie immer nahm er sich vor, das nächste Mal nicht so lange zu arbeiten und in Zukunft wirklich pünktlich aufzubrechen. Auch wenn er wusste, dass das wohl wieder nur ein frommer Wunsch sein würde. Carvill griff in seine Tasche, um sich eine Zigarette anzuzünden, und stellte fest, dass er die Schachtel offenbar auf seinem Schreibtisch liegen gelassen hatte. Seine Finger fanden nur noch das goldene Feuerzeug, das ihm seine Frau zu seinem fünfunddreißigsten Geburtstag geschenkt hatte. Er war gespannt, was sie sich in diesem Jahr für ihn ausdenken würde, denn vierzig wurde man nur einmal. Zum Glück befand sich auf dieser Seite des Bahnsteigs ein Zigarettenautomat, aber als er näherkam, sah er, dass irgendein Witzbold den Münzeinwurf mit einem Stein blockiert hatte. Obwohl er kein starker Raucher war, hätte er jetzt gerne eine Zigarette gehabt, und unbewusst wippte er mit den Füßen, als er sich auf die Bank neben dem Automaten setzte.

Es war nicht ungewöhnlich, dass er um diese Zeit allein auf dem Bahnsteig war. Außer den entfernten Geräuschen der Züge, die durch andere Tunnel fuhren, war nichts zu hören. Carvill fühlte sich deshalb nicht unbehaglich. Während seiner Armeezeit hatte er regelmäßig geboxt, wobei ihm seine Größe in Verbindung mit seinem geringen Gewicht oft einen Vorteil verschafft hatte. Seine Gegner, die meist kleiner waren als er, hatten nicht seine Reichweite und so konnte er die meisten Kämpfe für sich entscheiden. Auch heute trainierte er noch regelmäßig, stieg aber nicht mehr aktiv in den Ring, sondern betätigte sich am Sandsack. Sollte es also ein Räuber auf ihn abgesehen haben, würde dieser sein blaues Wunder erleben, zumal Carvill auch seinen Stockschirm dabei hatte, dessen Griff aus gehärtetem Holz bestand. Er verglich die Zeitanzeige der Bahnhofsuhr mit der an seinem Arm. Zwanzig Minuten würde er noch warten müssen. Noch einmal gähnte Carvill, dann lehnte er sich an die kühlen Fliesen hinter ihm und schloss die Augen.

4

Ein dumpfes Grollen hallte durch die Station und ließ Jamie Carvill hochfahren.

Einen Moment lang musste er sich orientieren, dann fiel ihm ein, dass er immer noch in der U-Bahn auf den Zug wartete. Offenbar war er doch kurz eingeschlafen. Laut der Uhr an der Decke waren etwa zehn Minuten vergangen und er war immer noch allein. Er wischte sich die Augen und stand auf. Das Geräusch, das ihn anscheinend geweckt hatte, hatte er schon fast wieder vergessen. Wahrscheinlich wieder ein Zug in einem der anderen Tunnel. Wie sehr hätte er jetzt eine Zigarette gebraucht. Noch einmal blickte er auf den Automaten, aber nichts hatte sich verändert. Der Stein steckte nach wie vor im Münzschlitz, und obwohl er sogar einmal versuchte, ihn herauszuziehen, gelang es ihm nicht. Aber in ein paar Minuten würde der Zug sowieso kommen. Auf dem Bahnsteig durfte man noch rauchen, in den Zügen schon lange nicht mehr. Die kurze Zeit würde er noch überbrücken können.

In diesem Moment ertönte wieder das Grollen, das ihn aus dem Halbschlaf gerissen hatte, doch diesmal gab es einen Unterschied. Es war deutlich lauter und schien näher zu kommen. Carvills Magen krampfte sich unweigerlich zusammen. Auch wenn er keine Angst vor Räubern hatte, gab es etwas, das er auf den Tod nicht ausstehen konnte, und das waren Hunde. Nicht alle, aber die, die von ihren Besitzern nicht richtig erzogen worden waren. Die kläfften oder knurrten, wenn man an ihnen vorbeiging. Sollte eines dieser Viecher hier bei ihm in der U-Bahn sein?

Carvill wechselte die Aktentasche in die linke Hand und nahm den Regenschirm in die Rechte. Dabei hielt er ihn so, dass er den gebogenen Griff wie einen Knüppel benutzen konnte. Wenn die Töle kam, würde sie ihr blaues Wunder erleben. Langsam und so leise wie möglich ging er zurück zum Gang, der vom Bahnsteig zu den Rolltreppen führte. Er wollte nachsehen, ob sich der Hund vielleicht dort herumtrieb. Unbewusst hielt er den Atem an, bevor er um die Ecke blickte. Nichts war zu sehen. Nur der menschenleere Gang, an dessen Ende sich die beiden Rolltreppen befanden, von denen eine in die nächste Ebene führte. Carvill atmete tief durch und wandte sich wieder dem Bahnsteig zu, denn sein Zug musste bald einfahren.

Das tiefe Grollen, das er hörte und das sich zu einem wütenden Knurren steigerte, war noch nicht einmal das Schlimmste, nachdem er sich umgedreht hatte. Was ihn viel mehr in Panik versetzte, waren die gelben Augen, die ihn aus dem Tunnel anstarrten, und die hellen Hauer, die sich darunter befanden, während der Rest von dem, was auch immer es war, mit der Dunkelheit des Tunnels verschmolz. Dann sprang das, was im Tunnel lauerte, nach vorne und landete mit einem Satz auf dem Bahnsteig. Die Umrisse der wolfsähnlichen Kreatur mit dem schwarzen Fell brannten sich im Bruchteil einer Sekunde in Carvills Verstand, und er verfolgte völlig fassungslos jeden Schritt, mit dem das Wesen sich ihm näherte. Irgendwo im hinteren Teil seines Kopfes sendete sein Gehirn zwei Signale gleichzeitig. Das

Erste öffnete seine Blase, und er spürte, wie warme Flüssigkeit sein Bein hinunterlief. Das zweite Signal war das entscheidende.

Bevor das Monster ihn erreichte, wirbelte Jamie Carvill herum und rannte panisch schreiend in Richtung Rolltreppe, während hinter ihm das Geräusch, das die schwarzen Krallen der Kreatur auf den Fliesen erzeugten, immer näher kam, zunehmend übertönt vom Geräusch des einfahrenden Zuges, der Carvill hätte nach Hause bringen sollen …

5

Stuart Crumleigh saß schläfrig und entspannt im letzten Waggon der *Northern Line* nach *High Barnett*.

Seine Füße hatte er auf eine Zeitung auf den gegenüberliegenden Sitzen gelegt, denn er musste erst in *Woodside Park* aussteigen. Das waren immer die ruhigen Momente, wenn er von der Nachtschicht kam. Gerne hätte er eine geraucht, aber in den U-Bahnen war das Rauchen vor ein paar Jahren abgeschafft worden, und so kaute er zur Entspannung ein Kaugummi, das allmählich seinen Geschmack verloren hatte. Er kramte in seiner Hosentasche nach einem Stück Papier, in das er das Kaugummi einwickeln konnte, als sein Blick auf den menschenleeren Bahnsteig fiel und er kurz vor der Biegung des Tunnels zu den Rolltreppen diverse Papiere auf dem Boden liegen sah. Er reckte sich ein wenig, um mehr erkennen zu können, als er die Umrisse einer schwarzen Aktentasche entdeckte, aus der die Papiere zu stammen schienen.

Neugierig stand er auf und ging zur offenen Tür. Er lauschte in die Bahnsteighalle und vernahm Geräusche, die er auf die Schnelle nicht einordnen konnte, als das Piepen der Türen ertönte und sie sich schlossen. Kurz war ihm die Sicht versperrt, als sich der Zug in Bewegung setzte, doch dann sah er für einen Moment einen am Boden liegenden Mann, der langsam in Richtung Bahnsteig kroch, und eine sehr große Person in einem Pelzmantel, die sich über ihn beugte.

Crumleigh hechtete zu seinem Platz, um mehr zu sehen, und bekam gerade noch mit, wie der Mann offenbar nach hinten gezogen wurde, als der Schaffner das Abteil betrat und nach den Fahrkarten fragte. Schnell kam man auf Fußball zu sprechen, und Crumleigh vergaß schon wieder, was er gerade gesehen hatte.

6

Patrick Walsh fuhr seinen Wagen an die Schranke des Geländes, auf dem sich, getarnt als unscheinbare Firma, die Zentrale der Organisation der Jäger befand. Seit dem Überfall war der Posten des Pförtners noch nicht wieder besetzt worden, und die Zäune und Sicherheitsvorkehrungen wurden abgeschlossen, sobald der Letzte das Gebäude verlassen hatte. Da das Tor bereits geöffnet und die Schranke nicht mehr im Boden verankert war, vermutete Pat, dass Tom am Abend zuvor doch nicht nach Hause gefahren war, sondern tatsächlich hier übernachtet hatte. Obwohl es erst halb acht Uhr morgens war, schien er den Zaun und die anderen Dinge bereits entriegelt zu haben. Pat stieg aus dem Auto und klappte die Schranke hoch, während er seinen Blick über das Gebäude schweifen ließ, an dem zur Tarnung außen ein Firmenschild mit dem Namen *Hooper & Capenter Inc.* angebracht war und auf dessen Hof einige ausrangierte Lastwagen mit demselben Logo standen, um die Illusion perfekt zu machen. Da sich in dieser Straße nur Lagerhäuser anderer Firmen befanden, fiel die Zentrale nicht wirklich auf, was den Angriff von Ar'Ath jedoch nicht verhindert hatte. In dem ansonsten gesicherten Gebäude befanden sich einige Büros, Schlaf- und Trainingsräume sowie ein unterirdischer Komplex, in dem Ian West unter anderem Pater Leonard Brady und anscheinend auch einige Dämonen eingesperrt hatte.

Nachdem er den Wagen vor dem Gebäude abgestellt hatte, ließ Pat die Schranke wieder herunter. Isaac und Ingrid würden gegen neun Uhr ankommen. Da ihm nicht entgangen war, dass sich zwischen den beiden etwas zu entwickeln schien, war Pat schon gespannt, wie es sein würde, wenn Ingrid wieder nach Chicago zu ihren Aufgaben zurückkehren würde. Er hätte sich gewünscht, dass sie noch eine Weile in London bleiben würde, was sie auch zugesagt hatte, solange sie Ian West nicht gefunden hatten, der seit einiger Zeit verschwunden war[1]. Außerdem brannten sie alle darauf, zu erfahren, welche Abmachung Ian West mit Nicolai Byron, dem Anführer der *Divini Custodes*, einem mächtigen Vampir-Clan, getroffen hatte. Im Moment fühlten sie sich alle ausgenutzt und ein wenig verraten, weil sie anscheinend für einen Gegner dessen Feinde aus dem Weg räumten.

Pat ließ das Haupttor links liegen und ging zum Seiteneingang des Gebäudes, der von außen nicht einsehbar war. So sollte verhindert werden, dass man sie beim Eintreten beobachtete. Als er die Hand nach dem Griff ausstreckte, sah er, dass die Tür einen Spalt offenstand und tiefe Kratzer im Holz aufwies, die am Vortag noch nicht da gewesen waren. Pat zog umgehend seine Waffe und stellte sich neben die Tür an die Wand. Konzentriert versuchte er, herauszufinden, ob von innen irgendwelche Geräusche zu hören waren, aber außer den gelegentlich vorbeifahrenden Fahrzeugen konnte er nichts wahrnehmen.

Seine Gedanken rasten. Tom hatte am Abend zuvor gesagt, dass er vielleicht die Nacht in der Zentrale verbringen würde. War er vielleicht überfallen worden? Isaac jetzt zu informieren, damit sie gemeinsam hineingehen konnten, würde zu lange dauern. Mit der Spitze seines Colts drückte er die Tür auf, bereit, jeden Moment abzudrücken. Der Flur, an dessen Ende sich das größere Büro und der Besprechungsraum befanden, lag im grünlichen Halbdunkel der Notbeleuchtung vor ihm. Kurz zögerte er, dann griff er um die Ecke und schaltete das Licht im Gang ein. Flackernd erwachten die Leuchtstoffröhren zum Leben und Pat harrte einer Reaktion, doch nichts geschah.

---

[1] Siehe Band 7: Die Vampir-Allianz, siehe Band 8: Der gefallene Exorzist

»Tom?«, rief er, ohne wirklich eine Antwort zu erwarten. Nachdem er sich vergewissert hatte, dass sich niemand hinter der Eingangstür versteckte, betrat er den Gang, von dem links und rechts je eine Tür zu weiteren Büros abging, von denen zu seinem Glück nur eine geöffnet war. Falls sich jemand in einem der Räume aufhielt, war es so einfacher, dies zu überprüfen. Pat beschloss, mit dem rechten Büro zu beginnen, dessen Tür offenstand. Das Risiko, in diesem Moment von der anderen Seite angegriffen zu werden, musste er eingehen.

In Gedanken zählte er bis drei, dann trat er einen Schritt vor und richtete die Waffe in den Raum. Aber abgesehen von den Möbeln gab es nichts Ungewöhnliches. Pat sah, dass Tom Siegels Jacke über dem Schreibtischstuhl hing, ein weiteres Indiz dafür, dass er wahrscheinlich noch hier war. Auch im Büro überprüfte er kurz den Bereich hinter der Tür, dann wandte er sich dem gegenüberliegenden Zimmer zu. Bevor er die Tür öffnete, lauschte er noch einmal auf Geräusche, aber erneut war nichts zu hören. Pat konzentrierte sich, drückte die Klinke herunter und stieß die Tür mit dem Colt auf. Mit einem dumpfen Geräusch knallte die Klinke gegen die Wand, aber wie Toms Büro auf der anderen Seite lag auch dieser Raum leer vor ihm.

Frustriert und mit zunehmender Anspannung wandte sich Pat wieder dem Flur zu und ging mit langsamen Schritten in Richtung Großraumbüro. Auch dort war das Licht ausgeschaltet, nur eine Schreibtischlampe sorgte für eine kleine Insel der Helligkeit. Routiniert überprüfte er die Räumlichkeiten, doch eigentlich hatte er schon erwartet, niemanden anzutreffen. Er war froh, bisher nicht auf Toms Leiche gestoßen zu sein, aber das bedeutete nicht, dass es ihrem Partner gut ging. Besonders aufmerksam untersuchte Pat Wests Büro, nachdem er die zertrümmerte Tür entdeckt und sich seine Eingeweide zusammengekrampft hatten. Holzsplitter lagen überall verstreut, als wäre eine kleine Bombe explodiert.

Der Hörer des Telefons hing an der Spiralschnur, als hätte jemand ein Gespräch führen wollen und wäre dann von dem, was durch die

Tür gebrochen war, überrascht worden. Pat ging um den Schreibtisch herum und sah eine kleine Blutlache auf dem Boden. Nicht groß genug für eine tödliche Verletzung, aber bei den Gegnern, mit denen sie es zu tun hatten, musste das nichts heißen. Ohne die Waffe aus der Hand zu legen, ließ Pat seinen Blick noch einmal durch Wests Büro schweifen, bis eine Stelle an der Wand seine Aufmerksamkeit erregte. Er ging näher heran und stellte fest, dass sich direkt neben dem Türrahmen ein Einschussloch befand, in dem offensichtlich noch eine Kugel steckte. Pat hatte kein Werkzeug, um das Projektil aus der Wand zu entfernen, aber er konnte an der deformierten Rückseite erkennen, dass es sich um die gleiche Art von Patrone handelte, die er und alle anderen Jäger der Organisation verwendeten. Wenn Tom in diesem Raum angegriffen worden war, hatte er mindestens einmal auf seinen Gegner geschossen.

Als Pat sich vergewissert hatte, dass der Zugang zum Keller immer noch verschlossen war, beschloss er, zu Isaac zu fahren, um mit ihm das weitere Vorgehen zu besprechen.

7

Als ich aufwachte, hatte ich Rückenschmerzen. Außerdem brummte mir der Schädel. Normalerweise trinke ich keinen oder nur wenig Alkohol, aber anscheinend hatte ich es am Abend übertrieben. Schlaftrunken drehte ich mich auf die Seite, um mit einem Mal zu viel Schwung zu bekommen und mich gerade noch rechtzeitig daran zu erinnern, dass ich nicht in meinem Bett, sondern auf dem Sofa im Wohnzimmer lag. Im letzten Moment stützte ich mich am Tisch ab und drehte mich zurück, wo ich auf dem Rücken liegen blieb.

Ingrid war am Abend zuvor meiner Einladung gefolgt und mit mir ins *Astronomy* gegangen, einem neu eröffneten Pub um die Ecke[1]. Der Fall mit den drei Hexern, die von Gagdrar auf der Erde platziert worden waren, um Seelen der Menschen zu sammeln und unser

---

[1] Siehe Band 9: Wünsche, die der Teufel erfüllt

Team in eine Falle zu locken, hatte Pat Walsh und mir viel abverlangt. Ingrid hatte sich inzwischen um Diego Garcia gekümmert, der immer noch im Krankenhaus lag. Da Gagdrar, einer der sechs Statthalter, die mit ihren Untergebenen versuchten, die Menschheit zu unterjochen, seine Bemühungen, uns als Team auszuschalten und mich und meine Waffen in seine Gewalt zu bringen, intensivierte, hatte sie sich bereit erklärt, Diego zu beschützen, bis Verstärkung eintraf. In der Zwischenzeit kämpften mein Partner und ich in einem verlassenen Haus um unser Leben. Das Besondere an den Kräften der Hexer war, dass sie lebensechte Visionen erzeugten, in denen man auch sterben konnte. Außerdem war es ihnen gelungen, einige Opfer durch ihren Zauber zu zwingen, andere Menschen zu töten. Am Ende gelang es uns, einen der Hexer zu fangen und ein paar Antworten zu bekommen, aber er tötete sich selbst, indem er sich meine Baghnakh, die Tigerkralle, die Ian West für mich aus Gagdrars abgetrennter Hand hatte anfertigen lassen, ins Auge rammte.

Ingrid und ich waren viel länger im Pub geblieben, als wir eigentlich wollten, und so waren wir die letzten Gäste, als der Wirt um 23 Uhr zur Sperrstunde den Pub schloss. Bis dahin hatten wir viel geredet, und Ingrid, die anscheinend mehr vertragen konnte als ich, hatte mich zu dem einen oder anderen »Experiment«, wie sie es nannte, überredet, und so hatte ich mehr getrunken als gewohnt und vor allem verschiedene Drinks durcheinander. Als wir dann auf der Straße gestanden hatten, überlegten wir kurz, ob wir für Ingrid ein Taxi rufen sollten, aber da sie auch müde war und nur noch schlafen wollte, schlug sie vor, dass sie die Nacht bei mir auf dem Sofa verbringen könnte. Eingehakt waren wir zu meiner Wohnung gegangen, wo ich ihr natürlich das Bett überlassen hatte und mich für die Couch entschied. Da sie nichts zum Schlafen dabei hatte, gab ich ihr ein Shirt und eine Boxershorts von mir. Es war ein seltsames Ende des Abends. Ich wäre zu »mehr« bereit gewesen, blieb aber vorsichtig und zurückhaltend, weil ich nichts überstürzen wollte. Nachdem ich mein Bett für sie hergerichtet hatte und etwas schwankend ins Wohnzimmer zurückgekehrt war, wo Ingrid im Sessel saß, und aus dem Fenster schaute, war sie aufgestanden, hatte mich kurz freundschaftlich umarmt, mir einen Kuss auf die Wange gegeben und war mit einem leisen ›Danke‹, aus dem die Müdigkeit herauszuhören war, ins Schlafzimmer gegangen und hatte die Tür hinter sich geschlossen.

Ich hatte mir eine Decke und ein paar Kissen zurechtgemacht, aber trotz meiner Erschöpfung fiel es mir schwer, einzuschlafen. Zu viel ging mir durch den Kopf. Wo war Ian West? Lebte er noch? Wie sollten wir mit Gagdrars verstärkten Bemühungen umgehen, unser Team auszulöschen? Wie war das Verhältnis zwischen Sara und mir? Vielleicht war ihre zurückhaltende Art auch ein Grund dafür, dass ich mich mehr zu Ingrid hingezogen fühlte. Meine Scheidung von Amber lag nun schon über vier Jahre zurück, und außer ein paar flüchtigen Freundschaften hatte sich in der ganzen Zeit nichts Ernstes ergeben. Aber wie sollte das mit Ingrid funktionieren, wo sie doch in Chicago lebte? Irgendwann war ich dann doch eingeschlafen und träumte von finsteren Kreaturen, die mich und meine Freunde durch dunkle, modrige Gänge jagten, an deren Wänden Ketten hingen, in denen Menschen gefangen waren, die bei unseren Einsätzen ums Leben gekommen waren, und die mich mit weit aufgerissenen Augen vorwurfsvoll anstarrten.

Ich erhob mich vom Sofa und ging in die Küche, um Kaffee zu kochen. Die Uhr an der Wand zeigte kurz nach acht. Eigentlich meine normale Zeit, wenn wir nicht nachts im Einsatz waren. Während die Maschine ihre typischen Geräusche von sich gab und das aufgebrühte Wasser in die Kanne lief, nahm ich Brot, Wurst, Käse und Marmelade und stellte sie auf den Küchentisch. Die Schlafzimmertür war noch geschlossen, aber da ich davon ausging, dass Ingrid den Wecker, der neben ihrem Bett stand, nicht gestellt hatte, würde ich sie wecken, sobald ich alles für das Frühstück vorbereitet hatte. Kurz dachte ich daran, Rühreier zu machen, doch nach einem

Blick auf das einsame Ei, das in der Schale in der Kühlschranktür lag, ließ ich es bleiben.

Als alles fertig war, ging ich zum Schlafzimmer und klopfte. Nachdem auch nach mehreren Versuchen keine Reaktion kam, öffnete ich vorsichtig die Tür, um Ingrid zu wecken. Sie lag auf der Seite und hatte offenbar in der Nacht die Decke zu Boden geworfen. Im Zimmer war es warm, und als ich mich ihr näherte, um sie noch einmal anzusprechen, schlug sie bereits die Augen auf.

»Guten Morgen«, sagte ich, »möchtest du Kaffee oder Tee? Kaffee wäre fertig.«

Ingrid gähnte und setzte sich auf, während ich die Decke vom Boden nahm und zusammengefaltet aufs Bett legte. »Kaffee wäre gut. Wie geht es deinem Kopf? Meiner fühlt sich etwas dick an.«

Ich grinste, legte die Zeigefinger an die Schläfen und verzog das Gesicht ein wenig. Ingrid lachte kurz und stand auf.

»Dachte ich mir. Ich glaube, das nächste Mal lassen wir es etwas ruhiger angehen. Gieß mir doch schon mal einen Kaffee ein, während ich ins Bad gehe.«

»Klar«, antwortete ich und ging zurück in die Küche. Während ich unsere Tassen füllte, klingelte es. Überrascht, um diese Zeit gestört zu werden, ging ich zur Tür und öffnete sie.

»Guten Morgen, Isaac, wir müssen reden«, sagte Pat Walsh und ging mit einem gehetzten Blick an mir vorbei in die Wohnung.

8

Ich folgte meinem Partner in die Wohnung und war gespannt, worum es ging.

Er zog seine Jacke aus und legte sie auf einen der Küchenstühle, bevor er einen Moment zögerte. »Ich glaube nicht, dass wir zum Frühstück verabredet waren, oder?«

Dabei drehte er sich zu mir um und grinste.

»Nimm dir eine Tasse Kaffee und erzähl mir dann, was passiert ist«, erwiderte ich. In diesem Moment kam Ingrid aus dem Bad und hatte sich bereits umgezogen. Natürlich trug sie jetzt die enge schwarze Lederhose und das schwarze Shirt vom Vortag. Ihre Lederjacke und die Waffen lagen noch im Schlafzimmer.

Pat blickte einen Moment zwischen uns hin und her und zog eine Augenbraue hoch. Bevor er etwas sagen konnte, griff Ingrid nach einer der vollen Kaffeetassen und setzte sich. »Entspann dich, Pat. Wir waren gestern Abend noch etwas trinken, und haben es etwas übertrieben. Während Isaac die Nacht auf dem Sofa verbracht hat, durfte ich netterweise das Bett benutzen. Also – keine falschen Schlüsse.«

Dann nahm sie eine Scheibe Brot und griff nach der Marmelade.

Ich goss meinem Partner ebenfalls eine Tasse Kaffee ein, bevor ich mich hinsetzte und mir auch etwas zu essen machte. »Jetzt, wo das geklärt ist, warum bist du hier? Ich bin überrascht, dich zu sehen. Außerdem hat mich dein Blick vorhin irritiert. Was ist passiert?«

Pat trank einen Schluck, bevor er begann. »Ich komme gerade aus der Zentrale. Die Räume sind leer, es sieht aus, als wäre wieder jemand oder etwas eingebrochen.«

Ingrid und ich schwiegen, während mein Partner erzählte, wie er das Hauptquartier vorgefunden hatte. Bevor er zu mir gekommen war, hatte er beschlossen, zuerst Tom anzurufen und dann zu sehen, ob dieser zu Hause war, aber niemand hatte die Tür geöffnet. Da er sicher sein wollte, dass Tom nichts zugestoßen war, verschaffte er sich in einem unbeobachteten Moment Zugang mit einem Multifunktionswerkzeug, das er im Auto lagerte, aber auch die Wohnung war leer. Pat meinte, Tom sei schon seit einigen Tagen nicht mehr dort gewesen, was sich mit meinen Vermutungen deckte. Tom war seit dem Angriff bis auf kurze Ausnahmen nur in der Zentrale geblieben, um uns so gut wie möglich zu unterstützen und die Aufräumarbeiten zu koordinieren.

Ingrid stand auf und schenkte uns allen noch etwas Kaffee ein. »Wie wollen wir vorgehen? Irgendwas müssen wir ja tun.«

Ich sah Pat an. »Sie hat recht. Irgendwie läuft uns im Moment alles aus dem Ruder. Diego im Krankenhaus, West verschwunden, Tom jetzt auch. Die Zentrale ist immer noch nicht wieder einsatzbereit. Abgesehen davon, dass wir nach wie vor nicht genau wissen, was West sonst noch in den Kellergewölben eingesperrt haben könnte, weil wir noch keine Zeit hatten, nachzusehen.«

Mein Partner nickte. »Ich denke, wir drei durchsuchen zunächst gemeinsam die Räume. Dann sehen wir weiter.«

Eine gute Idee fand ich. Ingrid nickte, stand auf und ging zum Telefon. »Ich rufe mir ein Taxi, weil ich noch kurz ins Hotel muss. Sagen wir, wir treffen uns in einer Stunde draußen am Pförtnerhäuschen? Das müsste ich schaffen.«

9

Pat und ich hatten beschlossen, dass jeder mit seinem eigenen Wagen zur Zentrale fahren sollte. So wären wir maximal flexibel.

Um zehn Uhr parkten wir unsere Autos außerhalb des Geländes. Wir bewaffneten uns so unauffällig wie möglich, was bedeutete, dass ich den Colt M1911, der zur Standardausrüstung aller Jäger gehörte, im Holster unter meiner Jacke verstaute. Dazu kam die Tigerkralle, für die auf der anderen Seite ebenfalls ein Platz reserviert war. Das Besondere an der Waffe war, dass sie auf schwarzmagische Signale mit einer Erwärmung reagierte, also eine Art Vorwarnsystem sein konnte. Da die Krallen, die an der Waffe montiert waren, von der Klaue stammten, die ich Gagdrar auf Vincent Manor abgeschlagen hatte[1], konnte sie aber auch eine Gefahr darstellen, wenn sie von einem Dämon geführt oder kontrolliert wurde. Etwas, das ich schmerzlich erfahren musste, als ich in Seagrove in die Falle einer

---
[1] Siehe Band 1: Die Hand des Werwolfs

Hexe geraten war[1].

Pat führte inzwischen neben seinem Colt ein silbernes Kurzschwert mit sich, das er im Kampf in einer Scheide an seinem Gürtel trug. Das Schwert hatte meinem Vater gehört und bildete eigentlich eine Einheit mit einem silbernen Beil, das wir verloren hatten, als Pat mich vor Gagdrar gerettet hatte. Der Dämon war mit der Waffe verschwunden, die mein Partner ihm in die Brust geschleudert hatte. Seitdem machte ich mir Sorgen, dass es dem Statthalter gelingen könnte, die Waffe irgendwie umzudrehen und gegen uns einzusetzen. Als Pat das Schwert aus dem Kofferraum holte und anlegte, stellte ich mich vor ihn, damit sich niemand aus einem vorbeifahrenden Auto wunderte, was wir hier taten.

Kurz nachdem wir mit den Vorbereitungen fertig waren, hielt ein Taxi und Ingrid stieg aus. Als sie sich nach draußen beugte, klaffte ihre abgewetzte Lederjacke kurz auf und ich konnte das Holster über dem engen schwarzen Shirt sehen, in dem zwei Walther PPK mit Schalldämpfern steckten, die wie unsere Waffen mit geweihten Silberkugeln geladen waren.

Sie kam auf uns zu und sah uns an. »Wie gehts weiter?«

»Wir gehen gemeinsam rein und schauen uns um«, antwortete ich. »Dann sehen wir weiter. Hast du die Armbrust nicht dabei?«

Damit meinte ich die große Barnett Commando Armbrust, die Ingrid aus Chicago mitgebracht hatte und die sie im Einsatz an einem Riemen quer über den Rücken geschnallt trug. Die Waffe war so umgebaut, dass sie ein Magazin für mehrere Pfeile mit unterschiedlichen Spitzen aufnehmen konnte.

Ingrid schüttelte den Kopf. »Nachdem ich sie vorhin im Hotel gesucht hatte, ist mir eingefallen, dass ich sie gestern bei mir hatte und sie nach meiner Rückkehr aus dem Krankenhaus im Besprechungsraum abgestellt hatte. Da wir sie nicht mitgenommen haben, nehme ich an, dass sie noch da ist.«

---

[1] Siehe Band 4: Hotel der Alpträume

Wir gaben uns gegenseitig Deckung, als wir das Gelände und anschließend das Gebäude betraten. Bevor wir das Hauptquartier selbst durchsuchten, sahen wir uns das Wachhäuschen und das Nebengebäude an, in dem sich vor Ar'Aths Angriff die Telefonzentrale befunden hatte. Hier trafen wir niemanden an, die Räume lagen verlassen vor uns. Pat fragte mich einmal, ob die Tigerkralle warm würde, doch das Metall blieb kalt. Nach meinen bisherigen Erfahrungen ein sehr gutes Indiz dafür, dass keine schwarzmagische Restenergie vorhanden war, obwohl ich inzwischen gelernt hatte, dass es auch Gegner gab, die sich so abschirmen konnten, dass sie keine Spuren hinterließen.

Anschließend sahen wir uns die Räume der Zentrale an. Alles war noch so, wie Pat es beschrieben hatte. Hier bemerkte ich jedoch, dass sich die Baghnakh etwas erwärmte, aber nicht so sehr, dass ich von einer direkten Bedrohung ausging. Wir sahen uns jedes Zimmer an und an einigen Stellen entdeckte ich Spuren in den Wänden, die von etwas wie Klauen stammen konnten. Pat hatte bei seinem ersten Besuch nicht so intensiv gesucht, dass ihm das aufgefallen wäre.

Nach einer halben Stunde hatten wir alles gesehen. Leider gab es für uns keine Möglichkeit herauszufinden, welche Telefonnummer Tom auf dem Apparat von West hatte wählen wollen. Zumindest, falls es Tom gewesen war. Bis jetzt konnten wir nur spekulieren. Ich betrachtete mit Ingrid den Blutfleck, von dem uns Pat erzählt hatte, während mein Partner die Kugel aus der Wand holte. Auch das Blut ließ keine Rückschlüsse zu, was hier passiert war, zumal der Fleck kaum größer als eine Handfläche war.

»Die Kugel stammt von uns«, teilte uns Pat mit, als er die Patrone untersuchte. Da sich nach unseren Informationen zur Zeit kein Jäger in London aufhielt, der Zugang zum Hauptquartier gehabt hätte, blieb nur die Vermutung, dass Tom sie abgefeuert haben musste. Aber wo war er? Und was war hier passiert?

»Ich glaube, er ist hier angegriffen worden und hat versucht, sich in Wests Büro zu verschanzen, um Hilfe zu holen«, mutmaßte ich.

Ingrid und Pat sahen mich an und ich erkannte, dass sie meine Schlussfolgerung teilten. »Zwei Möglichkeiten bleiben. Entweder er hat überlebt und wurde entführt. Oder, wenn er nicht überlebt hat, wurde seine Leiche mitgenommen.«

»Und die andere?«, fragte Ingrid. »Er war erfolgreich und verfolgt jetzt, was auch immer ihn hier angegriffen hat?«

Pat kratzte sich am Hinterkopf. »Klingt plausibel.«

Das Telefon auf Garcias Schreibtisch klingelte, und Pat ging hinüber, um den Anruf entgegenzunehmen.

»Wir müssen uns überlegen, was wir tun«, sagte ich, wohl wissend, dass wir im Moment ohne jegliche Informationen aufgeschmissen waren.

»Du hast doch die Kratzer an der Wand gesehen, oder? Was ist mit Sara? Konntet ihr den Werwolfkeim bei ihr wirklich ausschließen?«

Ich schwieg. Natürlich hatte Ingrid recht und Sara war eine Möglichkeit. Aber ich hatte sie mit der Kralle getestet[1], die nicht angeschlagen hatte. Bevor ich antworten konnte, rief Pat nach uns: »Kommt bitte her. Ich glaube, es gibt eine Spur.«

10

Ingrid und ich gingen ebenfalls zu Diegos Schreibtisch, wo Pat uns ernst ansah.

»Das war der Manager des Hotels, in dem Sara wohnt. Er hat sich beschwert, dass noch niemand gekommen ist.«

Ich spürte, wie sich mein Magen zusammenzog und schaute meinen Partner fragend an. »Was ist passiert? Geht es Sara gut?«

»Ich weiß es nicht. Aber Mr. Heath hat wohl vor ein paar Stunden mit Tom gesprochen und ihn gebeten, zu kommen oder jemanden zu schicken.«

Dann erzählte uns Pat, was er sonst noch in dem Telefonat erfahren hatte. Mit jedem Wort verstärkte sich mein mulmiges Gefühl

---

[1] Siehe Band 8: Der gefallene Exorzist

– alles deutete darauf hin, dass Sara sich verwandelt hatte und nun als Werwolf irgendwo in London umherstreifte. Aber warum hatte sie den Test bestanden, den ich mit der Tigerkralle an ihr durchgeführt hatte?

»Wie sollen wir vorgehen?«, fragte Ingrid, die inzwischen die Tasche mit der Armbrust geholt hatte, während sie Pats Bericht lauschte.

»Ich denke, wir sollten uns zuerst das Hotelzimmer ansehen«, murmelte ich und versuchte, in meinem Kopf mögliche Puzzleteile zusammenzusetzen. »Ingrid und ich haben Spuren an der Wand gesehen, die durchaus von einem Werwolf stammen könnten. Also müssen wir wohl oder übel die Möglichkeit in Betracht ziehen, dass Sara hier war und Tom angegriffen hat, auch wenn ich nicht weiß, warum. Werwölfe gehen nicht wirklich planvoll vor.«

»Das macht Sinn. Und vielleicht finden wir dort Hinweise, die uns helfen, Tom zu finden«, meinte Ingrid, während sie die Armbrust einsatzbereit machte und das Magazin, mit dem man verschiedene Arten von Pfeilen verschießen konnte, einsetzte.

Pat nahm seine Jacke, die er über Diegos Stuhl gehängt hatte. »Dann wollen wir mal. Am besten fahren wir mit zwei Autos, dann sind wir flexibler.«

In diesem Moment klingelte Diegos Telefon erneut. Am liebsten wäre ich sofort losgefahren, aber natürlich mussten wir erst den Anruf entgegennehmen. Mein Partner nahm den Hörer ab und meldete sich. Nach kurzer Zeit war klar, dass er mit der Polizei sprach, und wieder hatte ich ein ungutes Gefühl, ohne es genauer benennen zu können. Einerseits machte ich mir Gedanken darüber, was mit Tom passiert sein könnte, aber noch mehr beschäftigte mich die Frage, was wir tun sollten, wenn Sara sich wirklich in einen Werwolf verwandelt hatte. Dagegen gab es kein Heilmittel und sie dauerhaft in Wests Keller einzusperren, wäre auch keine Lösung gewesen. Ingrid setzte sich auf einen der Besucherstühle, die vor Diegos Schreibtisch standen, und ich folgte ihrem Beispiel, während wir darauf warteten, dass Pat das Telefonat beendete, was er kurz darauf mit einem »Wir kümmern uns darum, Sir« tat.

»Neue Hinweise oder weitere Schwierigkeiten?«, fragte ich.

»Eines oder vielleicht beides«, antwortete mein Partner. »Das war die Polizei, wie ihr sicher mitbekommen habt. Sie haben eine männliche Leiche am Bahnhof *Tottenham Court Road* gefunden. Sieht aus, als hätte ihn ein wildes Tier angefallen und getötet. Die Polizei hat den Bahnhof abgeriegelt und leitet die Züge um, was zu großer Aufregung und Chaos führt. Bevor sie den Tatort räumen, sollen wir ihn uns ansehen. Wir sollten uns jetzt aufteilen. Isaac, du gehst ins Hotel und überprüfst das Zimmer. Untersuche alles, auch die Umgebung. Vielleicht findest du etwas. Ingrid, du und ich übernehmen den Toten und die U-Bahn. Wir halten uns telefonisch auf dem Laufenden. Für den Fall, dass wir uns im Auto nicht erreichen, nehme ich die Nummer des Hotels mit und Isaac, für dich habe ich hier die Kontaktnummer der Polizei. Zur Sicherheit vereinbaren wir, dass wir uns in zwei Stunden wieder hier treffen, falls wir nicht etwas herausfinden, was uns sofort weiterhilft. Wenn das wirklich Sara war und sie jetzt irgendwo da unten in den Tunneln ist, müssen wir schnell handeln. Seid ihr einverstanden?«

Fast gleichzeitig standen Ingrid und ich auf und nickten. Jetzt zählte jede Minute.

11

Es dauerte etwa eine halbe Stunde, bis ich mich mit dem Auto durch den Stadtverkehr zu Saras Hotel gekämpft hatte. Im Moment gab es wieder viele Baustellen und mehr als einmal musste ich Umwege oder lange Ampelphasen in Kauf nehmen, was mir allerdings Zeit zum Nachdenken gab.

Auch wenn es mir widerstrebte, konnte ich zunächst davon ausgehen, dass auch Sara Vincent den Keim ihres Vaters in sich trug und sich in einen Werwolf verwandelt hatte. Warum sich die Tigerkralle nicht erwärmt hatte oder warum dies mehr oder weniger plötzlich geschehen war, war etwas, das es herauszufinden galt. Vor einigen Wochen hatte sich Sara bei Ian West gemeldet, da sie von Albträumen geplagt wurde, in denen sie als Werwolf auf der Jagd war[1]. Da sie mich nicht erreichen konnte, hoffte sie, dass West ihr helfen könnte, aber er sperrte sie in den gesicherten Keller unter der Zentrale, aus dem wir sie eben nach dem Test mit der Baghnakh befreit hatten. Wir gingen davon aus, dass die Träume zwar nicht zu unterschätzen waren, aber keine akute Gefahr bestand. Vielleicht ein Irrtum …

Das Mittelklassehotel, in dem Pat Sara untergebracht hatte, lag in der Nähe der inzwischen geschlossenen *Shaw Gallery*. Noch heute nagte dieser Fall an mir, bei dem es uns nicht gelungen war, den Maler Howard Picton auszuschalten, der die Dinge, die er auf Leinwand gebannt hatte, zum Leben erwecken konnte. Einige Menschen waren durch die Monster, die er gemalt hatte, getötet worden, darunter auch der Galerist Peter Shaw[2]. Wir waren uns sicher, dass wir es ein weiteres Mal mit Picton zu tun bekommen würden, gingen aber inzwischen davon aus, dass dies nicht sein richtiger Name war. Außer einer sehr vagen Beschreibung einer Krankenschwester, die kurz mit dem Mann gesprochen hatte, blieb uns nichts Verwertbares. Picton war mit einer Chimäre geflohen, die er aus ihrem Bild befreit hatte, und wir hatten keine Ahnung, wo wir suchen sollten. Die Polizei setzte ihn und mögliche Szenarien auf ihre Fahndungsliste, aber ich machte mir keine großen Hoffnungen.

Ich hatte Glück, als nur wenige Meter vom Hoteleingang entfernt ein Auto aus einer Parklücke fuhr und ich meinen Vauxhall Carlton abstellen konnte, der wie alle Fahrzeuge der Organisation baugleich und mit modernster Technik ausgestattet war. Seit einigen Monaten verfügten wir sogar eingebaute Autotelefone und waren damit besser ausgerüstet als viele Polizeiwagen. Ich stieg aus und holte aus dem

---

[1] Siehe Band 6: Rache aus der Vergangenheit
[2] Siehe Band 3: Das Grauen aus dem Bild

Kofferraum drei weitere Magazine, die ich in die Taschen meiner Jacke steckte. Der Colt M1911 und die Tigerkralle waren im Holster und ich fühlte mich ausreichend vorbereitet. Während der Fahrt hatte ich noch eine gewisse Nervosität verspürt, aber jetzt, als ich die vier Stufen zum Eingang des *Majestic Palace* hinaufstieg, war ich konzentriert und ruhig. Einen Moment lang amüsierte ich mich über das Selbstbewusstsein der Betreiber, einem etwas heruntergekommenen Gebäude wie diesem, dem man die Jahre als Hotel deutlich ansah, diesen Namen zu geben, aber zumindest im Inneren hielt das Haus ein wenig von dem, was das Schild draußen versprach. Dunkle, gepflegte Teppiche bildeten einen angenehmen Kontrast zu dem hellen Holz, aus dem die Rezeption und eine links davon gelegene Sitzecke gefertigt waren. Hinter dem Tresen stand ein schlanker Mann, dessen Gesicht ein wenig so aussah, als hätte er gerade eine Zitrone gegessen. Er sah mich aufmerksam an, als ich auf ihn zuging. An seinem dunklen Anzug konnte ich ein Schild erkennen, auf dem das Wort *Manager* stand. Die Haut des Mannes war sehr blass und bildete einen starken Kontrast zu den feuerroten, glatten Haaren, die er anscheinend auf einer Seite länger wachsen ließ, um sie über seine beginnende Glatze zu kämmen.

»Guten Morgen, mein Herr. Was kann ich für Sie tun?«

Seine Stimme hatte den angenehmen Klang eines Baritons, den ich bei seiner Statur nicht erwartet hätte. Ich hörte einen leichten Akzent heraus, den ich nicht einordnen konnte.

»Guten Morgen. Mein Name ist Isaac Kane. Sind Sie Mr. Heath?«

Der Mann sah mich neugierig an. »Ja, der bin ich. Was kann ich für Sie tun? Kennen wir uns?«

»Nein. Aber Sie kennen einen Kollegen von mir. Tom Siegel.«

Der Mann nickte und gab mir mit einer Handbewegung zu verstehen, dass ich zur Sitzecke gehen sollte. Dann verschwand er in einem Raum hinter der Rezeption und kam mit einer jungen Frau zurück, die seinen Platz einnahm. Anschließend setzte er sich zu mir.

»Ich möchte nicht unhöflich sein«, raunte er so leise wie möglich, »aber ich habe Ihrem Mr. Walsh bereits gesagt, dass ich nicht verstehe, warum es so lange gedauert hat. Sind Sie so weit informiert, Mr. Kane?«

Ich nickte. »Es tut mir leid, dass Mr. Siegel nicht direkt zu Ihnen gekommen ist, nachdem Sie mit ihm telefoniert haben, aber es sieht so aus, als hätte er einen Unfall gehabt.«

Hier so vage wie möglich zu bleiben, schien mir am sinnvollsten, was glücklicherweise auch funktionierte.

»Das tut mir sehr leid, ich hoffe, es geht ihm gut. Soweit ich Mr. Walsh verstanden habe, hatten Sie noch keine Gelegenheit, mit Mr. Siegel zu sprechen. Bitte richten Sie ihm meine besten Genesungswünsche aus. Und wie geht es jetzt weiter?«

Froh, das Verständnis von Rohan Heath gewonnen zu haben, teilte ich ihm mit, dass ich mir nun das Zimmer ansehen und dann über das weitere Vorgehen entscheiden würde. Etwas irritiert darüber, dass der Hotelmanager nicht neugierig zu sein schien, was genau zu der Verwüstung seines Zimmers geführt hatte, stand ich auf, um mir einen Überblick zu verschaffen.

Aber es schien fast so, als hätte der Mann meine Gedanken gelesen: »Wir hatten schon oft Gäste von Mr. West hier und ich weiß, dass darunter auch ungewöhnliche Leute sein können, aber bisher hatten wir noch nie so einen Aufruhr, der den anderen Leuten im Hotel aufgefallen ist.«

»Wir hoffen, dass so etwas nicht noch einmal passiert. Welches Zimmer und kann ich den Schlüssel bekommen?«

»Einen Schlüssel werden Sie nicht brauchen, Mr. Kane. Die Tür ist beschädigt und das Schloss auch. Ich habe sie notdürftig mit Klebeband am Rahmen befestigt, damit niemand hineingeht, und einen Absperrpfosten mit Seil davor gestellt. Es ist im vierten Stock, Zimmer 1408.«

Ich bedankte mich und während wir zum Fahrstuhl gingen, bat ich den Manager, an der Rezeption auf mich zu warten. Dann fuhr ich nach oben.

12

Der Aufzug setzte sich ruckartig in Bewegung, nachdem ich das Stockwerk auf dem Bedienfeld ausgewählt hatte. Hier war nichts mehr von der schönen Oberfläche, die man im Eingangsbereich des Hotels zu erzeugen versucht hatte. Blasses Linoleum auf dem Boden und zerkratzte Holzwände der Kabine zeugten vom Alter des Aufzugs. Die Fahrt nach oben verlief langsam, und jedes Mal, wenn wir an einem Stockwerk vorbeifuhren, das ich durch die nicht ganz geschlossene Tür sehen konnte, ertönte ein helles Quietschen. Ich nahm mir vor, auf dem Rückweg die Treppe zu nehmen.

Als sich die Tür öffnete, blickte ich direkt auf ein Schild an der Wand, das mich anwies, mich nach rechts zu wenden, wenn ich zu den Zimmern mit den Nummern 1401 bis 1408 wollte. Die gleiche Anzahl von Zimmern befand sich auf der anderen Seite. Während ich den Flur entlangging, der ebenfalls mit Teppichboden ausgelegt war, der aber wesentlich billiger zu sein schien als der in der Halle, fragte ich mich, aus welchem Grund die Zimmernummern im vierten Stock mit einer 1 vorangestellt waren. Aber irgendjemand hatte sich bestimmt etwas dabei gedacht.

Als ich mich dem Zimmer näherte, vor dem, wie der Manager erwähnt hatte, ein Seil gespannt war, schob ich meine Hand unter die Jacke und griff nach der Tigerkralle. Ich war mir sicher gewesen, schon durch meine Kleidung eine Erwärmung gespürt zu haben, aber als ich meine Finger um das Metall schloss, hatte ich Gewissheit. Die Baghnakh schien auf etwas zu reagieren, und ich schob die Ringe der Waffe über meine linke Hand, nachdem ich den Colt gezogen hatte, den ich auf der anderen Seite hielt. Mit dem Fuß schob ich einen der Pfosten zur Seite, um die Tür ungehindert öffnen zu können.

Das dunkle Holz wies einen fast durchgehenden Riss auf, durch den ich in den Raum blicken konnte. Alles darin schien verwüstet zu sein. Zur Sicherheit klopfte ich ein paar Mal mit der Waffe an den Rahmen, für den Fall, dass sich doch noch jemand – oder etwas – im Zimmer befand, doch es kam keine Reaktion. Dann entfernte ich das Klebeband, das der Manager angebracht hatte. Wie erwartet, schwang die Tür direkt nach innen auf, da auch der Schließmechanismus nicht mehr intakt war. War die Tür aufgebrochen worden? Von welcher Seite?

Vor mir lag ein normales Doppelzimmer, wenn man von der zerstörten Einrichtung absah. Geradeaus blickte ich auf ein breites Bett, dessen Matratze ebenso zerfetzt war wie die zum Teil noch darauf verteilten Kissen. Auf dem Boden lag etwas, das einmal die Bettdecke gewesen sein musste, bevor auch sie in Stücke gerissen worden war. Für einen Moment ging ich in die Knie und betrachtete die Risse im Teppich, die mir aufgefallen waren. Sie ähnelten in ihrer Größe denen, die ich an den Wänden der Zentrale gesehen hatte. Hatte sich Sara hier in einen Werwolf verwandelt und danach auf den Weg gemacht? Aber wenn sie es war, die Tom überfallen hatte, wo war er dann? Wieder ergab für mich alles keinen Sinn.

Ich ging zum Fenster und öffnete es. Die Straße lag weit unter mir, aber als ich auch hier Kratzspuren am Rahmen entdeckte, war mir klar, dass Sara das Hotel auf diesem Weg verlassen haben musste. Nachts gab es in diesem Teil der Stadt wenig Verkehr und nicht viele Menschen waren auf der Straße, so dass es möglich war, dass niemand bemerkt hatte, dass ein Werwolf von der Fassade heruntergeklettert und irgendwo in der Nacht verschwunden war. Ich blickte nach oben und sah etwas seitlich versetzt einen Mauervorsprung, von dem aus man mit der nötigen Kraft, die einem Werwolf nicht schwerfallen dürfte, auf das Dach gelangen konnte. Ich beschloss, sicherheitshalber einen Weg nach oben zu suchen, um dort nach Spuren Ausschau zu halten.

Am Fußende des Bettes fiel mir ein Bündel auf, das einmal Saras Nachthemd gewesen sein musste. Der Stoff war ebenfalls zerrissen und ich fühlte einen Rest von Feuchtigkeit, die sicherlich von Schweiß herrührte. Da das Kleidungsstück zusammengeknüllt im Bett gelegen hatte, war es noch nicht vollständig getrocknet. Sara würde also nackt sein, wenn sie sich wieder in einen Menschen zurückverwandelte. Mehr Informationen lieferte mir das Zimmer nicht. Nach einem oberflächlichen Blick in Saras Gepäck schnappte ich mir ihre Handtasche, in der sich neben etwas Geld auch ihr Ausweis befand. Sollte sie nach ihrer Rückverwandlung irgendwo aufgegriffen werden, könnte ich damit ihre Identität bestätigen.

Ich verließ das Zimmer, befestigte das Klebeband notdürftig und spannte die Kordel wieder. Bevor ich das Hotel verließ, würde ich dem Manager empfehlen, einen Zettel an der Tür anzubringen, der es anderen Gästen untersagte, das Zimmer zu betreten. Nach einer kurzen Inspektion des Treppenhauses neben dem Aufzug stellte ich fest, dass ich durch eine unverschlossene Tür auf das Dach gelangen konnte. Inzwischen war das Metall der Tigerkralle wieder abgekühlt, was mich aber nicht weniger vorsichtig machte. Es sah nicht so aus, als hätte sich Sara ihren Weg über das Haus gebahnt. Dort, wo sie hätte hinaufklettern müssen, gab es keine Kratzspuren, die man auf der Oberfläche der weichen Dachpappe sofort gesehen hätte. Ich aber nutzte meine erhöhte Aussichtsplattform, um die Umgebung in Augenschein zu nehmen. Außerhalb der Häuser, die ich nicht allein untersuchen konnte, gab es kaum Möglichkeiten, wo sich Sara hätte verstecken können, abgesehen von einem drei Straßen weiter gelegenen Park mit einigen Baumgruppen und dichter Vegetation. Ich beschloss, dass dies mein nächstes Ziel sein würde, und ging wieder nach unten.

13

»Weißt du, worüber ich gerade nachdenke?«

Pat blickte kurz zu Ingrid auf dem Beifahrersitz, bevor er ihre Frage beantwortete. In spätestens zehn Minuten würden sie ihr Ziel erreicht haben. »Nein. Was?«

»Keiner von uns ist vorhin auf die Idee gekommen, dass es Tom sein könnte, dessen Leiche da in der U-Bahn-Station liegt. Wir haben einfach reagiert und uns auf den Weg gemacht.«

Pat nickte. »Du hast recht. Wahrscheinlich lag es daran, dass wir durch das, was anscheinend mit Sara passiert ist, schon genug abgelenkt waren. Aber ich kann mir auch nicht vorstellen, dass es Tom ist. Und Isaac hat sich wahrscheinlich schon auf Sara konzentriert.«

»Was für eine Beziehung haben die beiden eigentlich?«

Pat zögerte mit der Antwort. Er wollte nichts gefährden, was sich vielleicht gerade zwischen Ingrid und seinem Partner entwickelte, aber auch bei der Wahrheit bleiben. »Wenn ich ehrlich bin, kann ich es dir nicht sagen. Ich glaube, sie mochten sich von Anfang an und es gab einen Moment, wo sich etwas hätte entwickeln können, wenn sie nicht räumlich getrennt gewesen wären. Am Ende sind sie nur Freunde, aber es ist auch klar, dass Isaac sich im Moment große Sorgen um Sara macht. Wenn sie das Erbe ihres Vaters in sich trägt, bleibt uns nichts anderes übrig, als sie zu töten. Oder wir sperren sie in Wests Keller, aber das ist etwas, woran ich nicht denken möchte.«

Ingrid schüttelte den Kopf. Wie Pat war sie von Wests Gefängnis überrascht worden, das sie entdeckt hatten und in dem sich auch der Körper von Pater Leonard Brady befand, der 1972 bei einem missglückten Exorzismus von einem Dämon in Besitz genommen worden war[1]. Nur dank Ingrid war es ihnen gelungen, den Körper des Priesters mitsamt dem Dämon wieder einzusperren. Irgendwann mussten sie sich überlegen, was sie als Nächstes tun sollten, aber Ian West war immer noch verschwunden, und er musste ihnen so viele

---

[1] Siehe Band 8: Der gefallene Exorzist

Fragen beantworten – auch zu seinem Pakt mit Nicolai Byron, dem Anführer einer elitären Vampirsippe.

»Am Ende können wir sie nicht verschonen«, sagte Ingrid, und ihre Stimme klang kalt und sachlich, als würde sie eine Zeitungsmeldung vorlesen. »Den Keim des Wolfes kann man nicht bekämpfen oder unterdrücken. Sie wird immer eine Gefahr sein, wenn sie wirklich ein Werwolf ist.«

Während der letzten Minuten der Fahrt schwiegen beide. Pat drehte das Autoradio lauter, das die ganze Zeit gelaufen war, als die ersten stampfenden Töne von ABBAs *Does Your Mother Know* erklangen. Er war eigentlich kein Fan der Band, aber das Lied gefiel ihm. Ingrid schaute den Rest der Fahrt aus dem Fenster. Einige Minuten später näherten sie sich dem Eingang zur U-Bahn-Station. Die Polizei hatte einige Absperrungen errichtet, aber Pat zeigte einem der Beamten seinen Ausweis, der ihn als Sonderermittler auswies. Der Bobby schob die Absperrung zur Seite und Pat lenkte den Wagen in eine freie Lücke.

»Die Armbrust solltest du vorerst im Auto lassen«, sagte er und deutete mit dem Kopf auf den Rücksitz, wo die Segeltuchtasche mit der Waffe lag. »Die beiden Walther PPK unter deiner Jacke sollten für den Notfall ausreichen. Wir wissen nicht, mit welchen Polizisten wir es zu tun haben, und ich möchte keine Aufregung verursachen. Das Kurzschwert lasse ich auch im Kofferraum. Wenn da unten in den Tunneln ein Werwolf sein Unwesen treibt, möchte ich mich auch nicht auf einen Nahkampf einlassen.«

Ingrid grinste, und wieder verstand Pat, was Isaac an ihr faszinierte. Natürlich war sie eine attraktive Frau, aber dazu kam ihr kumpelhaftes, sympathisches Wesen und ihre Freundlichkeit, hinter der aber auch immer die bedingungslose Kämpferin zu erkennen war. Sie stieg aus, öffnete die hintere Tür auf ihrer Seite des Wagens und verstaute die Tasche mit der Armbrust zwischen Rückbank und Vordersitz, so dass sie nicht zu sehen war. Dann zog sie den Reißverschluss ihrer Lederjacke hoch, damit die Waffen, die sie darunter trug, nicht zu erkennen waren. Pat tat es ihr nach, nachdem er das Auto verlassen und abgeschlossen hatte, nicht ohne vorher noch zwei kleine Stabtaschenlampen aus dem Kofferraum zu holen. Auch er wollte nicht, dass die Polizisten vor Ort nervös wurden, wenn jemand, der nicht zu ihrer Einheit gehörte, bewaffnet an ihrem Tatort auftauchte. Gemeinsam gingen sie zur Treppe und wurden von den Polizisten, die den Zugang versperrten, nach kurzer Überprüfung durchgelassen. Natürlich kannte Pat den einen oder anderen Beamten vom Sehen, schließlich gab es immer wieder Tatorte, zu denen sie gerufen wurden.

»Wer leitet die Ermittlungen?«, fragte er, bevor sie die Station betraten.

»DCI Berry, Sir«, antwortete einer der beiden Polizisten und wandte sich wieder der Straße zu.

Ingrid warf Pat einen fragenden Blick zu, während sie nebeneinander die Treppe hinuntergingen. Offenbar kannte sie sich mit den Dienstgraden der englischen Polizei nicht aus, und Pat erklärte ihr, dass DCI für *Detective Chief Inspector* stand, ein Dienstgrad, der in der Regel mit der Leitung größerer Ermittlungen betraut war, insbesondere bei schweren Verbrechen wie Mord. Bei einem Mordfall wie diesem war sich Pat sicher, dass der zuständige *Detective Superintendent* ebenfalls vor Ort war, schließlich konnte es sich um einen Fall handeln, der großes Aufsehen erregte und besondere Aufmerksamkeit erforderte. Pat kannte Anthony Berry bereits von einigen Gesprächen. Isaac hatte einmal erwähnt, dass ihn der Polizist an den Schauspieler Peter Sellers in seiner Rolle als *Inspektor Clouseau* erinnerte, da auch Berry meist in einen hellen Trenchcoat gekleidet war und einen hellgrauen Trilby auf dem Kopf trug. Pat fand den Vergleich passend, obwohl er bei Berry immer nur an die Zeichentrickversion der Figur dachte, da der Mann von ähnlicher Statur war.

Die Rolltreppen waren abgestellt worden, und so gingen die beiden weiter die Treppen hinunter. Immer wieder trafen sie auf Polizisten, die zwischen den Etagen des Bahnhofs hin und her eilten. Offenbar wollte man nichts übersehen. An der letzten Treppe angekommen, sahen sie, dass die Rolltreppe mit Polizeiband abgesperrt war. Die Stufen waren mit Blut verschmiert, das beim Hochfahren auf den Bereich vor der Rolltreppe gelangt war. Augenscheinlich hatten sie den Tatort erreicht. Pat schaute über die Treppe nach unten und sah, dass Berry in ein Gespräch mit einem Mann in einem weißen Overall vertieft war. Als der Polizist ihn bemerkte, winkte er, damit sie zu ihm kamen.

»Mr. Walsh, danke, dass Sie gekommen sind«, begrüßte sie der Polizist. »Wer ist Ihre Begleitung? Die Dame kenne ich noch nicht.«

»DCI Berry, das ist Ingrid Green. Sie unterstützt uns gerade bei einigen Ermittlungen.«

Der Beamte reichte Ingrid die Hand, bevor er auf den mit Bändern abgesperrten Anfang der Rolltreppe neben sich deutete. Hier war noch viel mehr Blut zu sehen, das aus den unzähligen Wunden des Toten geflossen war, der ausgestreckt vor den Stufen lag. Jetzt war Pat auch klar, warum das Blut zusätzlich oben zu finden war. Das Opfer war hier getötet worden, und bis zu seiner Entdeckung hatte der Mechanismus das austretende Blut des Mannes hinaufbefördert.

»Darf ich?«, fragte Ingrid, und Berry trat einen Schritt zur Seite. Sie bückte sich, um sich die Wunden des Mannes anzusehen. Pat trat neben sie, um sich selbst ein Bild zu machen. Der Mann, von dem sie nur den Rücken erkennen konnten, trug die Überreste eines dunkelblauen Anzugs. Der Stoff war ihm vom Leib gerissen worden, ebenso wie große Teile seines Fleisches und seiner Muskeln. Pat, der schon mehr als einmal die Überreste eines Werwolfs zu Gesicht bekommen hatte, war überzeugt, dass auch diesmal eines dieser Wesen dafür verantwortlich war. Neben seiner Bestürzung über die Art und Weise, wie der Tote zugerichtet war, verspürte Pat auch eine gewisse Erleichterung, denn er wusste, dass es sich bei dem Toten nicht um Tom handeln konnte, der solche Sachen nicht trug.

»Was wissen Sie bis jetzt, DCI Berry?«, fragte er, nachdem er seine Untersuchung abgeschlossen hatte, während Ingrid in Richtung Bahnsteig ging.

»Nicht viel. So wie es aussieht, hat der Mann auf den Zug gewartet. Wir sind sicher, dass der Überfall dort begann. Allerdings wissen wir noch nicht, wer der Tote ist, aber wir haben auf dem Bahnsteig eine Tasche und einen Regenschirm gefunden. Wahrscheinlich hat er sie fallen lassen, als er angegriffen wurde und versuchte, über die Rolltreppe zu fliehen. Sehen Sie diese Kratzer an den Wänden? Ich bin den Weg einmal zurückgegangen, und so wie es aussieht, könnte der Verursacher aus dem Tunnel gekommen sein. Natürlich habe ich den Teufel getan, dort hineinzugehen – deshalb habe ich Sie ja angerufen. Also, Walsh, was schlagen Sie vor? Was werden Sie jetzt tun?«

»Haben Sie ein Telefon, das ich benutzen kann? Ich würde gerne kurz einen Kollegen anrufen und ihm sagen, dass wir uns hier noch ein bisschen umsehen. Dann schauen wir uns den Bahnsteig und wahrscheinlich auch einige der Tunnel an.«

Berry nickte und führte Pat zu einem kleinen Dienstraum, den man durch eine mannshohe, mit Werbung getarnte Tür betrat. Pat griff zum Telefon und rief Isaac an, der gerade zu seinem Wagen zurückgekehrt war, und ihm berichtete, was er im Hotel vorgefunden hatte. Sie vereinbarten, sich in einer Stunde in der Zentrale zu treffen, um das weitere Vorgehen zu besprechen.

DCI Berry war bereits zu dem Toten zurückgekehrt und sprach wieder mit einigen Leuten. Pat beschloss, Ingrid zu folgen. Auf dem Bahnsteig angekommen, sondierte er zunächst die Lage. Auf beiden Seiten des Tunneleingangs war je ein Polizist postiert. Die Beamten standen auf dem schmalen Steg zwischen den Gleisen und dem Bahnsteig. Ingrid schien bereits bemerkt zu haben, dass es auch hier Spuren gab, die von den Krallen eines Werwolfs stammen konnten. Sie war in die Hocke gegangen und betrachtete den Boden. Pat nickte abwechselnd den beiden Polizisten zu, von denen sich der rechte plötzlich umdrehte und in den Tunnel hinter ihm blickte.

Bevor der Jäger eine Warnung ausstoßen konnte, ertönte ein dunkles Knurren, gefolgt von einem hellen Schrei des Polizisten, der plötzlich verstummte, als eine überdimensionale Klaue aus der Dunkelheit nach vorne schoss und den Kopf des Mannes mit einem Hieb vom Rumpf trennte!

14

Die Luft zwischen den geparkten Lieferwagen begann zu flimmern, als ob starke Hitze sie in Bewegung setzen würde. Ein kurzes Pfeifen war zu hören, als die Fahrzeuge für einen Moment ins Schwanken gerieten, wie von einer großen Druckwelle getroffen. Ein Vogel, der in diesem Augenblick über das Zentrum der verwirbelten Luft flog, starb augenblicklich, aber sein toter Körper erreichte nie den Boden, sondern verschwand von einem Augenblick zum anderen im Flimmern, als hätte es ihn nie gegeben.

Sekundenbruchteile später verwandelte sich das Licht des Tages in eine blutrote Kugel, aus der im nächsten Augenblick eine Gestalt in einem schwarzen Anzug auftauchte, den Mund wie zu einem Schrei geöffnet und gelbe Hauer entblößend, die alles in Stücke zu reißen vermochten, was sich ihnen in den Weg stellte. Hinter dem *Mann* fiel die Kugel wieder in sich zusammen, wobei ein weiteres Geräusch ertönte, als die Luft in das entstandene Vakuum zurückströmte. Er drehte sich um, blickte mit weiß glühenden Augen hinter sich und lächelte, als er bemerkte, dass alle Schutzmechanismen, die das Gelände und das Gebäude hinter ihm bis dahin umgeben hatten, nicht mehr existierten.

Wenn er es gekonnt hätte, hätte Gagdrar gepfiffen, als er sich gut gelaunt auf die Suche nach dem Eingang von *Hooper & Carpenter Inc.* – Ian Wests ehemaligem Hauptquartier – machte, während er seine ausgesandten Helfer zu sich rief.

15

Ingrid Green reagierte im Bruchteil einer Sekunde. Sie zog den Reißverschluss ihrer Lederjacke herunter und griff nach einer ihrer Waffen. Gleichzeitig sprang sie vom Bahnsteig aufs Gleis und zielte in die Schwärze des Tunnels, aus dem die Pranke des Wolfes gekommen war und den Polizisten enthauptet hatte. Ingrid versuchte um jeden Preis, nicht zu dem Toten hinüberzuschauen, und war froh, dass der abgetrennte Kopf so zu Boden gefallen war, dass sie nur die Hinterseite sehen konnte und nicht in das Gesicht des Mannes blicken musste.

Hinter ihr wurde es laut, als die Polizisten, die gerade den Tatort untersucht hatten, zu ihnen eilten. Pat rief dem Beamten, der die andere Seite des Tunnels absicherte, zu, er solle sich zu seinen Kollegen auf den Bahnsteig begeben, was dieser jedoch bereits getan hatte. Währenddessen zielte Ingrid erneut in den Tunnel. Schweiß rann ihr über den Körper; sie spürte ihn zwischen ihren Brüsten und auf ihrem Rücken, wie er in feinen Rinnsalen hinab lief.

»Walsh, was ist passiert?«, schrie jemand, den die Jägerin anhand der Stimme als DCI Berry identifizierte.

»Was immer den Mann auf der Rolltreppe getötet hat, ist zurückgekommen und hat wieder zugeschlagen. Es tut mir sehr leid, aber es ging so schnell, dass wir nicht einmal sehen konnten, was Ihren Kollegen angegriffen hat. Bitte verlassen Sie alle die Station und verriegeln Sie sofort oben die Eingänge. Mrs. Green und ich werden die Verfolgung aufnehmen.«

Ingrid war sich sicher, dass der leitende Beamte dieser Aufforderung nicht nachkommen würde, aber überraschenderweise befahl er seinen Leuten, sich zurückzuziehen. Anscheinend war an den Geschichten, dass Wests Organisation eng mit der Polizei zusammenarbeitete, doch etwas dran. Während Ingrid darauf wartete, dass Pat zu ihr kam, schob sie den Sicherungshebel ihrer Walther PPK nach oben. Sie hatte sich für diese Waffe entschieden, weil sie, ähnlich wie der Colt M1911, den die Jäger von Wests Organisation benutzten, geladen und gesichert getragen werden konnte. Durch das Sichern wurde die Waffe entspannt, so dass man beim ersten Schuss nur etwas mehr Druck ausüben musste, ohne wertvolle Zeit beim Durchladen zu verlieren. Danach war die Waffe automatisch gespannt und man konnte sofort und vor allem schnell weiter feuern.

»Pat«, rief Ingrid und erlaubte sich für den Bruchteil einer Sekunde, den Kopf zu drehen. »Wir verlieren zu viel Zeit.«

Obwohl sie ununterbrochen in die Schwärze starrte, hatte sie keine Bewegung wahrgenommen. Trotzdem war sie sich sicher, dass der Wolf bereits versuchte, sich von ihnen zu entfernen. Da die Schienen noch eine ganze Weile schnurgerade in die Dunkelheit führten, hatten sie hoffentlich eine gute Möglichkeit, das Wesen, zu dem Sara geworden war, zu verfolgen. Eine Chance, sie zu ihrem eigenen Schutz und dem der Allgemeinheit in Wests Keller einzusperren, gab es wohl nicht mehr, nachdem sie einen Polizisten getötet hatte.

Pat tauchte neben ihr auf, ebenfalls mit gezogener Waffe. »Ich hätte jetzt doch gerne das Schwert und deine Armbrust dabei, aber ich habe nicht damit gerechnet, dass die Bestie hier so schnell wieder zuschlägt.«

Ein kurzes Rascheln war zu hören, als er für jeden von ihnen eine Stabtaschenlampe aus seiner Jacke zog. Nach dem Einschalten tat Ingrid es ihm gleich und hielt ihren linken Arm so, dass er ihren ausgestreckten Waffenarm stützte, während die Lampe in ihrer Faust den Weg erhellte.

»Ich würde mich damit auch wohler fühlen, aber so ist es nun mal. Zu den zwei vollen Magazinen in den Waffen habe ich noch drei in meiner Jacke. Auf die Armbrust kann ich im Moment verzichten. Hast du genug Munition, Pat?«

Sie sah ihn kurz an und er nickte. »Wie du, noch drei Magazine in der Tasche. Also, wie machen wir es? Jeder nimmt eine Seite der

Schienen? Wenn einer auf ein Hindernis stößt, geht der andere ein Stück voraus und leuchtet es aus. Ok?«

Bevor sie antworten konnte, ertönte ein lang gezogenes Heulen aus dem Tunnel vor ihnen. Für Ingrid klang es wie eine Mischung aus Aggression und unheilbarem Schmerz und sie schluckte. »Klingt weiter weg, als ich dachte. Lass uns gehen.«

Seite an Seite, nur durch die Gleise getrennt, traten sie in die Dunkelheit des Tunnels, jederzeit bereit, auf einen Angriff zu reagieren.

16

Es dauerte nicht lange, bis Gagdrar die etwas abseits gelegene Seitentür entdeckte, die von den Jägern als Haupteingang benutzt wurde. Er fand es immer etwas albern, dass sie auf diese Weise verhindern wollten, dass jemand von außen sehen konnte, wo sie das Gebäude betraten. Wesen wie er fielen nicht auf solch plumpe Täuschungen herein. Amüsiert darüber, dass die Organisation seit seinem letzten Besuch vor etwa dreißig Jahren anscheinend nicht viel verändert hatte, betrachtete der Statthalter die Kratzspuren an der defekten Tür.

Er hatte viele Pläne verwerfen müssen, seit er sich geschworen hatte, Isaac Kane zu töten, anstatt ihn auf seine Seite zu ziehen. Doch der Hass, den er verspürte, seit dieses Menschlein ihm die Klaue abgeschlagen hatte[1], wuchs seit jenem Tag wie ein dunkles, pulsierendes Geschwür, das nicht ruhen würde, bis der Dämonenjäger tot vor ihm lag. Und inzwischen hatte er auch einen Plan, wie es ihm gelingen könnte, die Kräfte des Eligos in sich aufzunehmen, die tief in dem Jäger schlummerten und vor deren möglichem Erwachen die, die davon wussten, panische Angst hatten – ob sie nun auf der Seite des Lichts oder der Finsternis standen.

---

[1] Siehe Band 1: Die Hand des Werwolfs

Es wäre so viel einfacher gewesen, wenn es ihm damals gelungen wäre, Kane auf Vincent Manor für sich zu gewinnen. So viele Jahre hatte er nach dem Balg gesucht, bis er auf verschlungenen Pfaden herausgefunden hatte, warum West den Sohn von George und Nora Carter so lange versteckt gehalten hatte. Der alte Mann wusste genau, was passieren würde, wenn der Aufenthaltsort des Kindes bekannt würde. Zu verlockend waren die Kräfte, von denen Kane nicht einmal wusste, dass er sie in sich trug. Immer wieder kursierten Gerüchte. Gerüchte, die auf die Existenz dieses unseligen Balgs hindeuteten. Ein *Cambion*, wie sie Wesen wie Kane nannten, aus der Verbindung einer Menschenfrau mit einem Dämon. Ian West hatte von der Herkunft des Kindes gewusst, aber Gagdrar war sich nicht sicher, ob er es von George Carter erfahren hatte, nachdem Dämonen versucht hatten, Kane als Säugling zu töten und die ganze Familie auszulöschen, oder ob er es erst später herausgefunden hatte, nachdem er selbst das Erbe als Jäger angetreten hatte.

Mit Kanes Macht an seiner Seite hätte sich der Statthalter gegen Marbas auflehnen können und wäre in der Hierarchie des Bösen nicht mehr aufzuhalten gewesen. Doch es kam anders. Die gute Seite in Kane, offensichtlich der Einfluss der Gene seiner Mutter, hatte immer die Oberhand behalten. Und jeder Plan, den Gagdrar ausgeheckt hatte, um ihn und seine Freunde zu töten, war fehlgeschlagen. Aber es war ihm gelungen, das Team zu schwächen. Garcia lag noch immer im Krankenhaus, hier hatte ihm das Schicksal in die Hände gespielt. Dann war es ihm schließlich gelungen, Ian West in seine Gewalt zu bringen, der im Orkus dem Tod entgegendämmerte. Zudem war es ein Leichtes gewesen, nach ihrer Befreiung dafür zu sorgen, dass der in Sara Vincent verborgene Keim des Werwolfs endlich seine Arbeit tun konnte. Sie zu kontrollieren und für seine Zwecke einzuspannen, schien fast zu einfach zu sein, aber in der letzten Nacht hatte sie dafür gesorgt, dass auch der letzte Schutz, den das Gebäude noch gehabt haben mochte, gefallen war.

Als Gagdrar sich dann in all der Aufregung, die sich in den Reihen der Jäger breitgemacht hatte, daran erinnerte, dass West seit Jahren eine Macht in seinem Kerker gefangen hielt, die ein Ersatz für die Kraft in Kane sein könnte, hatte er alles daran gesetzt, die Organisation und ihre Struktur zu schwächen, um in diesen Kerker zu gelangen. Zu verlockend war es, das in sich aufzunehmen, was Ar'Ath zu entfesseln imstande war.

Der Statthalter stieß die Tür auf und trat ein. Ein leichtes Ziehen durchlief seinen Körper – anscheinend gab es noch Reste von Abwehrmechanismen, die sich gegen eine Kraft wie die seine zu wehren versuchten. Obwohl er wusste, dass sich niemand mehr im Gebäude befand, ging er zunächst aufmerksam und jederzeit bereit, auf einen Gegner zu reagieren, durch alle Räume. Jedes Mal, wenn er zerstörtes Mobiliar oder Kratzer an den Wänden sah, konnte er sich ein Grinsen nicht verkneifen, denn das bedeutete, dass der von ihm geplante Angriff erfolgreich gewesen war. Besonders intensiv studierte er das Büro von Ian West, schließlich war er schon einmal hier gewesen. Bis auf die Kampfspuren und das Blut von Tom Siegel auf dem Boden hatte sich kaum etwas verändert.

In diesem Moment erreichten ihn zwei unterschiedliche Signale seiner Helfer. Es würde nicht mehr lange dauern, bis es zum finalen Aufeinandertreffen kommen würde, und es war an der Zeit, das zu tun, wofür er hergekommen war. Mit schnellen Schritten eilte Gagdrar in Richtung der Kellertür, die den Weg in Wests Geheimgefängnis freigab. Mit einem Ruck riss er sie auf und stürmte die Treppe hinunter, um sich dem zu widmen, was sich in diesem Moment in Pater Leonard Brady befand.

17

Ich wusste, dass die Chance, in den Straßen Londons einen Werwolf zu finden, der noch nicht andere Menschen in Panik versetzt hätte, äußerst gering war. Aber tief in mir hegte ich die Hoffnung, dass

Sara sich inzwischen zurückverwandelt hatte. Natürlich war es möglich, dass sie sich irgendwo in der Stadt aufhielt, aber außer dem Angriff in der U-Bahn schien es keine weiteren Meldungen zu geben. Natürlich beschäftigte mich auch der Gedanke, dass der Angriff in der U-Bahn nicht von Sara, sondern von einem anderen dämonischen Wesen verursacht worden war, was Pat und Ingrid sicher herausfinden würden. Ich klammerte mich an den Gedanken, dass Sara zwar ihr Zimmer verlassen, sich dann aber im Park versteckt hatte und in der Zwischenzeit die Rückverwandlung begonnen hatte. Nackt würde sie sicher nicht zurück ins Hotel gehen.

Nachdem ich die Treppe genommen hatte, um dem ruckelnden Aufzug zu entkommen, und festgestellt hatte, dass alle Zimmer auf jeder Etage mit einer Eins vor dem Namen versehen waren, wohl um die Zimmeranzahl größer erscheinen zu lassen, als sie war, hatte ich dem Hotelmanager eingeschärft, Saras Zimmer auf keinen Fall zu betreten, sondern dafür zu sorgen, dass die Tür verschlossen blieb, was er mir auch zusicherte, ebenso, dass er einen Zettel an der Tür anbringen würde. Ich hatte das Fenster des Zimmers offengelassen, um Sara im Notfall die Möglichkeit zu geben, zurückzukehren, auch wenn sie dies nicht in ihrer menschlichen Gestalt tun konnte, was mir natürlich Bauchschmerzen bereitete. Aber ich sah keine andere Möglichkeit.

Also verließ ich das Hotel und fuhr mit dem Auto zum Park. Obwohl ich die drei Straßen zu Fuß hätte zurücklegen können, wollte ich doch mobil bleiben und vor allem das Autotelefon nutzen können, auch wenn es immer wieder Momente gab, in denen diese für uns neue Technik noch ihre Macken hatte. Das Glück war mir noch einmal hold und ich fand einen Parkplatz in der Nähe des Parkeingangs. Bevor ich ausstieg, tastete ich unter meiner Jacke nach der Baghnakh, aber das Metall war kalt. Etwas entmutigt stieg ich aus und ging durch das schwarze schmiedeeiserne Tor auf das Gelände.

Am Eingang gab es eine große Rasenfläche, in deren Mitte sich ein kleiner See befand, dessen Ufer von verschiedenen Büschen gesäumt war. Rechts und links ging der Weg weiter. Während sich auf der rechten Seite weitere Wiesen und einige Bäume befanden, konnte ich auf der anderen Seite sehen, dass der Weg nach einigen Metern abfiel und in eine Baumgruppe führte, die ebenfalls von Büschen und Sträuchern umgeben war. Da ich dort keine Besucher sehen konnte, beschloss ich, zuerst auf diese Seite zu gehen. Ich hoffte, dass der Weg mich einmal um den ganzen Park herumführen würde, so dass ich alles genau in Augenschein nehmen könnte.

Schon nach wenigen Schritten stand ich im Schatten der Bäume und spürte die Kälte, die noch in der Luft lag, wenn man nicht in der Sonne stand. Da ich nicht genau wusste, wonach ich Ausschau halten sollte, versuchte ich, die Erde direkt neben dem Weg zu beiden Seiten aufmerksam nach möglichen Spuren eines Wolfes zu untersuchen. Wenn die Kratzer in den Wänden des Hauptquartiers schon so tief waren, dann wären Verwerfungen in der weichen Erde viel leichter zu erzeugen und zu erkennen. Ich war froh, dass ich hier keinen Besuchern begegnete, da es wohl ein ungewohntes Bild abgab, wie ich hier tief gebückt über den Weg schlich, eine Hand in der Jacke, um im Notfall schnell eine Waffe ziehen zu können, die andere nah am Boden vorgestreckt, als würde ich mir selbst den Weg weisen. Mehr als einmal war ich mir sicher, Spuren entdeckt zu haben, doch jedes Mal entpuppten sie sich als normale Bodenverwerfungen, Maulwurfsspuren oder Ähnliches.

Frustriert ging ich weiter und stand nach wenigen Metern wieder auf einer offenen Fläche. Die Sonne wärmte mich wieder mit ihren Strahlen und ich schaute mich erneut um. Wenn ich dem Weg folgen würde, käme ich erneut in einen etwas bewaldeteren Teil, doch zunehmend verließ mich der Mut, hier wirklich etwas zu entdecken. Letztendlich war es ein idiotischer Gedanke, dass Sara sich hier irgendwo versteckte und auf jemanden wie mich wartete, um sie zu retten. Das Beste wäre, umzukehren, Pat und Ingrid anzurufen und dann entweder zu ihnen zu stoßen oder gemeinsam in der Zentrale die nächsten Schritte zu überlegen. Gerade als ich umkehren wollte, entdeckte ich auf der Wiese vor mir etwas, das ich mir genauer ansehen wollte.

Ich lief auf das Gras und stolperte kurz über das Schild *Betreten der Rasenfläche verboten*, bevor ich einen Blick auf den aufgerissenen Boden werfen konnte. Ich ging in die Knie und sah die charakteristische Spur von Krallen und sehr großen Pfoten, etwas, das ich mit einem Werwolf in Verbindung brachte. Immer darauf bedacht, die Spur nicht zu verlieren, folgte ich den Stellen im Gras, an denen der Boden aufgewühlt war, doch nach wenigen Metern wurde ich erneut enttäuscht, als ich vor einer Mauer stand, die diesen Teil des Parks von dem Außenbereich trennte. Der Lärm der Autos, die sich über die Straße dahinter quälten, erfüllte die Luft, und ich meinte sogar, den Geruch von Benzin wahrzunehmen. Hier konnte ich nicht einfach drüber klettern, auch wenn ich in den Steinen Kratzer und Löcher von der Art bemerkte, wie ich sie am Boden und an den Wänden des Hauptquartiers entdeckt hatte. Sara musste den Park über diese Mauer verlassen haben. Aber wohin war sie gegangen? Wenn ich in meinem Kopf die Richtung, die sie eingeschlagen haben mochte, weiterdachte, landete ich in der Zentrale, wenn mich meine Intuition nicht täuschte.

Ich beschloss, meine Partner anzurufen und mit ihnen die nächsten Schritte zu erörtern. Den Gedanken, Sara hier noch irgendwo zu entdecken, verwarf ich. Mit schnellen Schritten eilte ich zum Wagen zurück und wählte die Nummer von Pats Auto, aber niemand ging dran. Dann wählte ich die Kontaktnummer der Polizei, die Pat mir gegeben hatte, doch egal wie oft ich es versuchte, die Leitung war ständig besetzt.

Mit einem flauen Gefühl in der Magengegend beschloss ich, zur Zentrale zurückzukehren und abzuwarten, was als Nächstes passieren würde.

18

Es dauerte nicht lange, bis der Statthalter die Zelle gefunden hatte, in der der Körper des Priesters lag, der im Augenblick das Gefäß von Ar'ath war.

Selbst Gagdrar hatte die Überlieferungen angezweifelt, die den gestaltlosen Dämon und seine Kräfte beschrieben. Wo jemand wie er nur in der Lage war, zwischen den Dimensionen zu wandeln, konnte Ar'ath Tore erschaffen, die als Übergang in beide Richtungen funktionierten. Jemand, der diese Kraft für seine Zwecke nutzen konnte, hätte die Möglichkeit, Verbündete und Feinde ohne großen Aufwand dorthin zu bringen, wo er sie haben wollte. Außerdem war es dem Dämon möglich, aus sich selbst heraus Kreaturen zu erschaffen. Gagdrar hatte von Geschichten gehört, in denen Wesen aus Licht die Körper der Besessenen verließen, um dann zu schier unbesiegbaren Gegnern heranzuwachsen. Wenn es ihm gelänge, all diese Kräfte in sich aufzunehmen und zu kontrollieren, würde ihn niemand mehr aufhalten können, und das würde sein Versagen, Kane und seine Kräfte bisher nicht übernehmen oder zumindest kontrollieren zu können, mehr als wettmachen.

Der Schutzzauber, den West an den Türen angebracht hatte, war inzwischen nur noch ein Schatten seiner selbst, so dass es Gagdrar ein Leichtes war, auch ihn zu überwinden und die Zellentür zu öffnen. In dem Moment, als er den Raum betrat, durchfuhr ihn ein Schmerz, der bis in die Knochen zu kriechen schien. Schnell hatte er die Ursache entdeckt, als er das Gewand erblickte, in das der Pater gehüllt war und in dem sich Ar'Ath befand. Trotz des unangenehmen Gefühls konnte sich der Statthalter ein zynisches Lächeln nicht verkneifen. Er konnte das gesegnete Gewand nicht entfernen und hätte es auch nicht getan, wenn er die Fähigkeit dazu gehabt hätte. Zu groß war das Risiko, den Dämon zu verlieren, der sein Ziel war. Die Macht des Gewandes war so immens, dass selbst Menschen damit einen Feind wie Ar'Ath gefangen halten konnten.

Gagdrar hoffte, dass der äußere Einfluss den Dämon geschwächt hatte, und konzentrierte sich. Auch er konnte seinen Geist vom Körper trennen und durch Dimensionen und Welten reisen, aber er war dabei anfällig. Seine Kräfte waren schwächer und wenn ein Gegner seinen Körper zerstörte, war er für immer im Nirgendwo verloren. Also musste alles schnell und effizient gehen. Für einen kurzen Moment kippte die Realität. Die Farben verkehrten sich, Schwarz wurde zu Weiß, als Gagdrar die Ebene wechselte. Dann konzentrierte er sich auf den Menschen, der vor ihm auf dem Bett lag. Leuchtende Linien, als ob sich Elektrizität in ihnen bewegte, verließen das Gewand und umkreisten Brady, um eine Art Käfig um ihn zu bilden. Doch immer wieder gab es Stellen, an denen der Statthalter eine Schwächung der weißen Energie wahrnehmen konnte. Nichts war unvergänglich, und diese Regel galt auch hier. Jedes Mal, wenn das Gute im Tuch auf das Dunkle traf, das aus dem Körper des Paters sickerte, gab es einen Moment, in dem sich ein kleines Tor öffnete. Etwas, das groß genug war, dass Gagdrars Geist durch die Lücke hindurchdringen und Ar'Ath ergreifen konnte.

Der Statthalter ließ ein wenig Zeit verstreichen, um den optimalen Moment zu finden. Wenn er einen Fehler machte, würde auch er den Körper des Priesters nicht mehr verlassen können und für immer mit dem Dämon darin gefangen sein. Aber wenn er alles richtig machte, würde er ihn in dem Moment, in dem er schwach und verwundbar war, herausreißen, um ihn mit seinem eigenen Geist einzufangen, festzuhalten und in seinen Körper zu ziehen, wo Ar'Ath sich ihm unterwerfen musste.

Gagdrar spürte, dass dieser Moment nahe war. Nur noch wenige Sekunden, dann würde es geschehen. Dann würde er sein Ziel erreicht haben.

Da – eine Öffnung tat sich auf. Jetzt oder nie. Und Gagdrar griff mit der ganzen Kraft seines Geistes zu …

19

Pat gab von Anfang an das Tempo vor, mit dem er und Ingrid durch die Tunnel liefen, um nach dem Wolf zu suchen.

Für beide war klar, dass es sich nur um einen Werwolf handeln konnte. Sie würden alles tun, um Sara daran zu hindern, noch mehr Unschuldige zu töten, auch wenn das bedeutete, dass sie sie wahrscheinlich erlösen mussten. Pat war froh, dass Isaac gerade nicht bei ihnen war, denn er vermutete, dass sein Freund und Partner befangen sein könnte, wenn es um Sara ging. Auch wenn es so aussah, als würde sich gerade etwas mit Ingrid anbahnen, wusste Pat um die Verbindung zwischen den beiden, die nach Isaacs Erzählungen bereits auf Vincent Manor begonnen hatte.

Die Gleise lagen vor ihnen im Halbdunkel, nur erhellt von den spärlich verteilten Notlampen am oberen Ende der Gänge. Pat hielt sich links, Ingrid übernahm die andere Seite. Die Stabtaschenlampen warfen schmale Lichtkegel in die Dunkelheit des Tunnels, aber sie wussten, dass sie den Werwolf damit nicht entdecken konnten, wenn er sich gut versteckte.

»Ich hoffe nur, sie haben die Strecke noch gesperrt«, sagte Ingrid leise und leuchtete in eine Einbuchtung vor sich, in der allerdings nur etwas Unrat zu sehen war. Vermutlich Müll von Streckenarbeitern oder Obdachlosen, die sich hier manchmal herumtrieben. »Ich will ja nicht von einer U-Bahn überfahren werden, wenn ich vielleicht gerade um mein Leben kämpfe.«

Pat nickte, obwohl Ingrid es nicht sehen konnte. Eine ähnliche Sorge hatte ihn ebenfalls beschäftigt, aber er machte sich mehr Gedanken darüber, ob die Schienen noch unter Strom standen, was nicht minder gefährlich war. »Ich glaube, DCI Berry hat dafür gesorgt, nachdem sein Kollege getötet wurde. Aber wir müssen aufpassen. Berühre zur Sicherheit nicht die Gleise.«

»Danke für den Hinweis. Ein Werwolf, eine U-Bahn und Strom. Und wir mittendrin.«

Aus der Dunkelheit vor ihnen ertönte wieder das Heulen, das sie schon einmal vernommen hatten. Verzerrt drang es an ihre Ohren, und Pat bemerkte, dass die Tunnelröhre die Geräusche anders klingen ließ. Es war unmöglich, Entfernungen abzuschätzen. Die Bestie konnte weit vor ihnen sein oder sie im nächsten Moment von hinten angreifen. Instinktiv wirbelte Pat herum, doch außer dem Tunneleingang, durch den sie gekommen waren und der sich wie ein heller Kreis von der Dunkelheit der Umgebung abhob, konnte er nichts erkennen. Er blickte kurz zu Ingrid hinüber, deren Gesichtszüge wie eingefroren wirkten. Ihr Mund stand offen und ihre Augen huschten von einer Seite zur anderen. Auch sie schien seine Empfindungen zu teilen.

»Wir müssen weiter«, sagte sie und ihre Stimme zitterte. »Er kann nicht hinter uns sein, wie hätte er das anstellen sollen?«

Wie zur Bestätigung hörten sie in der Ferne einige Schreie und einen einzelnen Schuss.

Pat fluchte und rannte los, ohne die Umgebung um sich herum aus den Augen zu verlieren. Ingrid tat es ihm gleich, und einen Moment lang war nichts zu hören außer ihren heftigen Atemzügen und dem Geräusch, das Ingrids Lederjacke machte, wenn sie mit den Ärmeln an ihrem Oberkörper entlang schrammte. Nach einer Weile, Pat wusste nicht, wie viele Minuten vergangen waren, bogen die Gleise leicht nach rechts ab, bevor die nächste Station vor ihnen lag. Anscheinend war der Wolf dort durchgekommen und auf Menschen gestoßen. Pat verfluchte DCI Berry, der anscheinend nicht alle Zugänge hatte absperren lassen. Aber vielleicht war dieser Bahnhof auch nur übersehen worden, weil sich alles auf den Tatort fokussiert hatte.

»Wie willst du vorgehen?«, rief Ingrid mit vor Anstrengung heiserer Stimme.

»Keine Zeit zum Anschleichen. Wir müssen spontan handeln, um die Menschen zu schützen.«

Die Öffnung des Tunnels kam näher, und Pat konnte gerade noch erkennen, wie der Wolf auf der anderen Seite der Gleise in der Dunkelheit der Röhre verschwand. Auf dem Bahnsteig standen drei Frauen, die sich in Panik aneinander klammerten und an die Wand dahinter drückten. Als Ingrid und er von den Gleisen kletterten, sahen sie auch den Grund. Vor ihnen auf dem Boden lag ein Polizist, der offensichtlich nicht mehr am Leben war. Seine Brust war von einer unvorstellbaren Kraft aufgerissen worden und sein Kopf stand in einem unnatürlichen Winkel ab. Neben ihm, in der stetig größer werdenden Blutlache, lag eine Pistole, mit der er offenbar auf den Werwolf geschossen hatte. So wie es aussah, hatte DCI Berry doch etwas unternommen und zumindest einen der *Firearm Officers* geschickt, aber der hatte selbst mit seiner Waffe keine Chance gegen eine Kreatur der Finsternis gehabt.

Während Pat einen kurzen Blick auf den Toten warf, eilte Ingrid zu den drei Frauen. »Sind Sie verletzt? Geht es Ihnen gut?«

Anscheinend hatten sie keine körperlichen Blessuren, so dass Ingrid ihnen befahl, sofort nach oben zu gehen und der Polizei mitzuteilen, dass DCI Berry keine weiteren Kräfte schicken, sondern nur dafür sorgen solle, dass die Bahnhöfe geräumt und abgesperrt würden. Pat hoffte, dass es klappen würde.

»Ingrid, wir müssen weiter!«

Die Jägerin nickte und sprang mit Pat zurück ins Gleisbett, um die Verfolgung fortzusetzen.

20

Die Kreatur stand in der Dunkelheit und gönnte sich einen Moment der Ruhe.

In einiger Entfernung hörte sie Stimmen und dann das Geräusch von Schritten, als die Jäger die Verfolgung wieder aufnahmen. Es hatte sich so gut angefühlt, die Zähne und Klauen in das Fleisch des Polizisten zu schlagen. Ein unvorstellbares Gefühl von Macht hatte ihren Körper durchströmt, und wären die Jäger nicht aus dem Tunnel gekommen, hätten die drei Frauen diese Begegnung auch nicht überlebt.

Aber der Auftrag des Statthalters musste noch erfüllt werden. An den Ort zurückzukehren, wo alles begonnen hatte und wo die Falle am Ende zuschnappen sollte. Der Überfall in der U-Bahn war nur ein Intermezzo gewesen, mehr oder weniger ein Ausreißer aus dem Plan, der der Kreatur jedoch gezeigt hatte, welche Macht sie besaß, wozu sie in der Lage war. Instinktiv wusste sie, dass sie ihren Keim hätte übertragen können, wenn sie den Polizisten nicht getötet hätte, aber der Blutrausch hatte alles überdeckt.

Wie von selbst hatte sie den richtigen Weg durch die Tunnel eingeschlagen. Für einen Menschen wäre es unmöglich gewesen, sich hier unten so zu orientieren, um zu wissen, was sich an der Oberfläche befand, aber die Sinne des Wolfes waren anders, feiner. Von nun an würde die Kreatur keine Menschen mehr attackieren, auch wenn es ihr schwerfiel, doch der Statthalter hatte unmissverständlich klargemacht, wo ihr Platz war.

Es vergingen noch einige Sekunden, bis die Kreatur erneut ihr Heulen ertönen ließ, um die Jäger auf ihre Spur zu locken. Dann verschwand sie abermals in der Dunkelheit, immer darauf bedacht, dass ihre Verfolger ihre Fährte nicht verloren.

21

Da sie wussten, dass der Wolf nun vor ihnen sein musste, konnten Pat und Ingrid ihre Schritte beschleunigen. Gleichzeitig ertönte erneut ein Heulen aus dem Tunnel zu ihnen herüber.

»Gleiche Strategie?«, rief Ingrid und positionierte sich auf der Seite der Schienen, die sie zuvor eingenommen hatte.

Pat bejahte und betrat den Tunnel. Was hatte der Werwolf vor? Obwohl es eigentlich auf der Hand lag, weigerte sich der Jäger, den Namen ›Sara‹ in seine Überlegungen einzubeziehen, und versuchte, das Wesen vor ihnen emotionslos zu betrachten. Aber wohin führte das alles? Sie konnten nicht ewig durch die Tunnel der Londoner U-Bahn irren. Isaac hatte sicher schon versucht, sie zu erreichen, und Pat hoffte, dass DCI Berry ihm den aktuellen Stand mitgeteilt hatte.

Dieser Teil der Strecke verlief nicht so gerade wie der, den sie zuvor untersucht hatten. Mehr als einmal verlangsamten sie ihre Schritte, um mit ihren Taschenlampen undeutliche Schatten aus der Dunkelheit zu holen, die ihren überreizten Sinnen jedes Mal wie ein lauernder Gegner vorkamen.

»Wie soll das hier weitergehen?«, fragte Ingrid und sprach damit aus, was Pat selbst vor wenigen Minuten gedacht hatte.

»Ich weiß es nicht. Mir ist nicht einmal bewusst, wie viel Zeit vergangen ist, seit wir hier unten sind.«

Vor ihnen teilte sich der Tunnel plötzlich, und die Schienen führten, von einer Weiche gesteuert, nach beiden Seiten in die Dunkelheit. Die Jäger blieben einen Moment ratlos stehen.

»Sollen wir uns aufteilen?«

Pat schüttelte den Kopf. Obwohl auch ihm klar war, dass dieser Moment kommen könnte, wollte er um jeden Preis vermeiden, dass sie sich nicht gegenseitig unterstützen konnten. »Auf keinen Fall. Sieh mit der Lampe nach, ob du auf deiner Seite des Tunnels Spuren findest. Ich schaue bei mir nach.«

Während Ingrid in gebückter Haltung den Bereich vor sich ausleuchtete, betrachtete Pat die Schienen und Wände auf seiner Seite. Hier, in der Tiefe des Tunnels, gab es keinen Müll mehr. Außer den schmutzigen Schienen und den Steinen dazwischen gab es nichts, was auf eine Spur hindeutete.

»Und – was gefunden?«, rief er der Jägerin zu, die ein paar Schritte in den Tunnel gegangen war. Außer flackerndem Licht war von ihr nichts mehr zu sehen.

»Nein. Wir müssen uns trennen, ich sehe keine andere Möglichkeit.«

Mit diesen Worten kehrte sie zurück und wartete auf Pat, der seinerseits seine Untersuchung für den Moment unterbrach.

Schweigend sahen sie sich an, und Pat versuchte fieberhaft, die verschiedenen Optionen abzuwägen. Er wusste, dass Ingrid genauso gut ausgebildet war wie er, dennoch widerstrebte es ihm, dass sie beide jeder für sich durch die Tunnel gingen. Aber er sah keine andere Möglichkeit, als diesen Weg zu wählen.

Gerade als er Ingrid zustimmen wollte, ertönte aus dem Tunnel, den er untersuchen würde, erneut das Geheul, das sie bereits mehrfach gehört hatten. Fast gleichzeitig richteten die Jäger ihre Waffen in den Tunnel und versuchten, mit den Lampen wenigstens ein wenig die Dunkelheit zu vertreiben.

»Das klang näher als vorhin«, murmelte Pat, »mir scheint, der Wolf ist auf dieser Seite. Was meinst du?«

»Das denke ich auch. Beim letzten Mal war der Ton so verzerrt, dass man nicht genau sagen konnte, woher er kam, aber für mich war es jetzt auch diese Seite. Wir trennen uns nicht und gehen hier entlang.«

Ingrid blickte ihn mit ihren grünen Augen an und für einen kurzen Moment verstand Pat genau, was in Isaac im Bezug auf die Amerikanerin vorging.

»So machen wir es«, antwortete er und räusperte sich kurz, weil seine Stimme belegt war.

Wie zuvor wählte jeder von ihnen die gewohnte Seite des Tunnels, und abermals tauchten sie mit gezogenen Waffen in die Dunkelheit ein. Die Gleise verliefen eine ganze Weile schnurgerade, und sie bemerkten, dass sie sich stetig nach unten bewegten. Die Londoner U-Bahn hatte mehrere Stationen, in denen die Gleise auf unterschiedlichen Ebenen lagen und es schien, als hätte sich der Werwolf ein Ziel auf der untersten ausgesucht.

»Die Luft hier unten könnte besser sein«, sagte Ingrid, nachdem sie ein paar Mal gehustet hatte.

Pat, der seine ganze Aufmerksamkeit auf die vor ihnen tanzenden Lichtkegel gerichtet hatte, war das entgangen, aber jetzt fiel es auch ihm auf. Die Luft war trocken und roch abgestanden, obwohl ein

Netz von Ventilatoren eigentlich frische Luft in alle Tunnel blies. Aber da war noch ein Geruch, den er nur schwer einordnen konnte. Etwas, das er mit altem Käse oder Trockenfleisch in Verbindung brachte. Sicher nur eine Einbildung, hervorgerufen durch die anhaltende Konzentration.

»Stimmt. Wenn wir hier rauskommen, werde ich eine Beschwerde schreiben«, antwortete er und schaffte es sogar, ein kurzes Lächeln um seine Mundwinkel zu zaubern.

»Danke, das beruhigt mich«, sagte Ingrid und gab ihm einen freundschaftlichen Klaps auf den Oberarm. Der zuckende Lichtstrahl holte dabei für einen Moment etwas aus der Dunkelheit, das Pat für eine Störung seiner Wahrnehmung hielt, dennoch leuchtete er dorthin, wo er glaubte, etwas wie einen langen, hautfarbenen Schlauch gesehen zu haben, der am Ende spitz zulief. Aber außer den üblichen Steinen und Mauern war nichts zu sehen. Ein Wolf war es sicher nicht gewesen, vielleicht hatten sie nur eine Ratte aufgescheucht, die das Weite gesucht hatte. Dass er für einen Moment geglaubt hatte, dass das, was er für den Schwanz eines Tieres gehalten hatte, den Durchmesser eines Männerarms besaß, schob er auf seine angespannten Nerven und die schlechten Lichtverhältnisse, mit denen sie zu kämpfen hatten.

Irgendwann verloren sie komplett das Zeitgefühl, doch gerade als in Pat wieder Zweifel aufkamen, ob sie wirklich auf dem richtigen Weg waren, ertönte das Heulen erneut, und wieder mischten sich menschliche Schreie darunter. Die Jäger rannten los, immer darauf bedacht, auf den Schienen nicht zu stürzen, um sich nicht zu verletzen.

Nach wenigen Metern tauchte der nächste Bahnhof vor ihnen auf und ein weiteres Mal schienen sie zu spät zu kommen. Menschen rannten schreiend durcheinander, aber jetzt war kein Polizist zu sehen. Als Pat und Ingrid aus der Dunkelheit des Tunnels in die Helligkeit des Bahnhofs traten, sahen sie den Werwolf zum ersten Mal in voller Größe, bevor er die Rolltreppe nach oben stürmte. Seine Krallen verursachten ein kratzendes Geräusch, als er die

Stufen erklomm. Pat konnte die gewaltigen Muskeln unter dem fast schwarzen Fell erkennen, zumindest dort, wo es nicht vom Blut der Opfer verklebt war. Hier auf dem Bahnhof schien die Kreatur niemanden getötet zu haben, und zum Glück hatten sich die Menschen in eine andere Ecke geflüchtet, weit weg von der Gefahr.

Pat zuckte zusammen, als hinter ihm ein Schuss fiel. Die Kugel verfehlte ihr Ziel und verschwand mit einem pfeifenden Geräusch im Nirgendwo. Gehetzt drehte Pat sich um und sah in Ingrid Greens Gesicht den unbändigen Willen, das Monster, das sie verfolgten, zur Strecke zu bringen. Fluchend rannte sie weiter und Pat folgte ihr. Der Name der Station sagte ihm nichts, da er normalerweise mit dem Auto durch die Stadt fuhr, aber als er neben Ingrid die Treppe hinaufeilte, hatte er das Gefühl, schon einmal hier gewesen zu sein.

In der Zwischenzeit hatte der Werwolf den Bahnhof verlassen und befand sich nun oben auf der Straße. Die Jäger mobilisierten ihre letzten Reserven, um ihre vermeintliche Beute nicht wieder aus den Augen zu verlieren. Und in dem Moment, in dem Pat einen Blick auf die ersten Gebäude warf, die ihm ins Auge fielen, wusste er auch, wo sie jetzt waren und was wohl das Ziel des Werwolfs war.

»Ich weiß, wo wir hinmüssen«, rief er und bemühte sich noch mehr, das Wesen, das wenige Meter vor ihnen um eine Ecke bog, nicht aus den Augen zu verlieren. Zum Glück waren im Moment keine Fußgänger unterwegs, was in dieser Gegend eher die Norm als die Ausnahme war.

»Verrätst du mir das auch oder soll ich dir einfach hinterherlaufen?«, fragte Ingrid, die offensichtlich weniger außer Puste war als er.

Gemeinsam folgten sie dem Weg, den der Wolf vorhin genommen hatte, und erreichten ebenfalls die Straßenecke, um die das Geschöpf gerannt war. Vor ihnen tauchten die ersten Gebäude eines Gewerbegebietes auf, das Pat wohlbekannt war. Und auch Ingrid schien in diesem Moment verstanden zu haben, was das Ziel zu sein schien, als sie nach einigen Metern die Schrift *Hooper & Carpenter Inc.*

erkennen konnte, die auf dem Dach der Zentrale der Organisation montiert war.

22

Während der Rückfahrt zur Zentrale versuchte ich mehrmals, meinen Partner zu erreichen. Auf seinem Autotelefon meldete sich immer noch niemand, aber irgendwann gelang es mir, jemanden auf der Kontaktnummer der Polizei zu erreichen.

Ich musste eine Weile in der Leitung bleiben, immer in der Angst, dass die Verbindung unterbrochen würde, bis sich plötzlich eine Männerstimme meldete: »DCI Berry. Mit wem spreche ich?«

»Isaac Kane. Ich versuche seit einiger Zeit, Pat Walsh zu erreichen. Er wurde zum Tatort in der U-Bahn gerufen. Wissen Sie etwas darüber?«

»Ich habe jetzt keine Zeit, Ihnen alles zu erklären, Mr. Kane, aber hier ist der Teufel los. Irgendetwas ist in der U-Bahn und hat schon zwei meiner Kollegen getötet. Ihr Partner und diese Frau sind jetzt unten. Wir haben die Zugänge abgeriegelt, aber ich kann nicht die ganze Stadt absperren. Vielleicht kommen sie zur Unterstützung rüber?«

Ich schluckte. Es kam immer wieder vor, dass unsere Gegner uns einen Schritt voraus waren. »Okay, wo soll ich hin?«

DCI Berry nannte mir eine Station und ich versicherte ihm, ihn dort zu treffen. Da ich aber schon fast wieder bei der Zentrale war, wollte ich sicherheitshalber vor Ort nach dem Rechten sehen. Im Moment waren wir so angeschlagen und verwundbar, dass mir das als gute Idee erschien. Während ich in meinem Kopf einen Plan entwarf, wie ich meine Freunde am besten unterstützen konnte, tauchte auf der linken Straßenseite die Außenmauer des Geländes auf, auf dem sich die Gebäude der Zentrale befanden. In Gedanken versunken setzte ich den Blinker, doch noch bevor ich abbiegen konnte, wurde mein Wagen abrupt gestoppt, als wie ein Blitz ein riesiger schwarzer Wolf vom gegenüberliegenden Bürgersteig mit einem Sprung auf meiner Motorhaube landete, um dann mühelos mit einem Satz hinter der Mauer des Geländes zu verschwinden.

Wie in Trance ließ ich das Auto an der Schranke ausrollen. Es schien, als müsste ich nicht zu meinen Freunden gehen, um den Werwolf zu finden, sondern sie zu mir. Mit leicht zitternden Fingern griff ich nochmals nach dem Hörer des Autotelefons, den ich gleich darauf vor Schreck fallen ließ, als Pat Walsh neben mir auf das Dach meines Wagens klopfte und mich in seiner typischen Art durch die Scheibe angrinste: »Schön, dass du auch gekommen bist, Isaac. Ingrid und ich haben schon auf dich gewartet.«

23

Ingrid und Pat brachten mich so schnell wie möglich auf den neuesten Stand. Ärgerlich war, dass wir außer meiner Baghnakh keine außergewöhnliche Waffe zur Verfügung hatten, weil das Kurzschwert meines Vaters und Ingrids Armbrust noch in Pats Auto lagen. Aber zum Glück hatten wir genug Munition. Ingrid war mit ihren fünf vollen Magazinen gut ausgerüstet und Pat und ich nahmen zur Sicherheit noch je zwei für unsere Waffen aus dem Kofferraum meines Wagens.

Währenddessen beobachteten wir die ganze Zeit das Gebäude der Zentrale und hofften, dass der Werwolf ins Innere geflüchtet war, anstatt das Gelände auf der anderen Seite zu verlassen. Erneut rief ich den Kontakt bei der Polizei an und ließ DCI Berry übermitteln, dass wir das Ziel an einem anderen Ort in der Stadt ausgemacht hatten, damit er seine Ermittlungen in der U-Bahn fortsetzen konnte. Pats Auto würden wir später abholen, wenn wir die Gefahr gebannt hatten.

»Habt ihr eine Idee, warum der Werwolf hierher gekommen ist?«, fragte ich und zog die Ringe der Tigerkralle wie gewohnt über meine linke Hand.

Pat und Ingrid sahen sich einen Moment lang an, bevor mein Partner antwortete: »Vielleicht hat eine Erinnerung Sara angezogen, oder sie glaubt, Hilfe zu bekommen.«

Ich schwieg und merkte, wie mich dieser Satz betroffen und auch ein wenig wütend machte. Aber ich durfte mir nichts vormachen. Ich hatte ihr Zimmer gesehen, die Spuren, die Zerstörung. Und auch wenn mögliche persönliche Empfindungen dagegensprachen, machte es keinen Sinn, die Augen vor der Realität zu verschließen. Ingrid nahm meine freie Hand und sah mich an. Mir war klar, dass sie wusste, was in mir vorging, unabhängig von dem, was sich zwischen uns entwickelt hatte und vielleicht noch entwickeln würde.

»Vielleicht finden wir einen Weg, sie zu retten. Ian West hat sie schließlich auch nicht getötet, sondern nur eingesperrt. Wenn wir sie überwältigen können, dann versuchen wir es erst einmal. Nicht wahr, Pat?«

Mein Partner nickte zögernd, und ich sah ihm an, dass er anderer Meinung war.

»Mal sehen, was uns erwartet. Vielleicht kommt alles ganz anders«, murmelte ich, zog meine Waffe und näherte mich, flankiert von Pat und Ingrid, der weit geöffneten Seitentür des Gebäudes.

24

Nachdem die Kreatur die Tür aufgerissen hatte, war sie in die Büroräume gestürmt.

Ihr Kopf war erfüllt von bösartigem Flüstern, von dunklen Empfindungen, die auf sie einprasselten. Irgendwo darin verwoben hörte sie die Stimme des Statthalters, der genau vorschrieb, was zu tun war. Gebückt wie ein geprügeltes Tier schlich der Wolf auf die Treppe zu, die in den Keller mit den Zellen führte.

Schmerzen flammten auf, ausgelöst durch die noch teilweise wirksamen Schutzzauber, die starke Dämonen nicht mehr bannen konnten, aber bei schwachen Gegnern immer noch ihre Wirkung zeigten.

Trotzdem setzte die Bestie einen Fuß nach dem anderen auf die Stufen und stieg in die Dunkelheit hinab. Dorthin, wo irgendwo schon der Statthalter wartete, um zu ernten, was er gesät hatte.

25

Es waren erst wenige Stunden vergangen, seit wir drei das letzte Mal die Zentrale durchsucht hatten.

In der Zwischenzeit war viel passiert. Tom Siegel war verschwunden, vermutlich hier angegriffen von Sara Vincent, die sich in einen Werwolf verwandelt und anschließend in London mehrere Menschen getötet hatte. Dort, wo wir Hinweise erhofft hatten, fanden wir nur vereinzelte Spuren, und im Fall von Pat und Ingrid waren sie direkt in einen Kampf hineingezogen worden, der Unschuldige das Leben gekostet hatte. Das Hotelzimmer und der Park hatten sich als Sackgasse erwiesen und schließlich führte alles wieder dorthin, wo es begonnen hatte – in Ian Wests Hauptquartier.

Wie am Morgen sicherten wir uns gegenseitig ab, als wir ins Gebäude gingen. Jetzt, da wir wussten, dass sich ein Werwolf im Inneren befand, gab uns das eine ganz andere Anspannung als noch vor ein paar Stunden. Bei der letzten Durchsuchung waren wir davon ausgegangen, dass die Räume leer waren, aber aufgrund unserer Erfahrung hatten wir immer so gehandelt, als würde der Feind hinter der nächsten Ecke lauern. Jetzt warteten wir förmlich darauf, angegriffen zu werden, wobei ich wusste, dass meine Motivation in einem Kampf eine andere war als die meiner Partner. Ingrid und Pat würden alles tun, um den Werwolf unschädlich zu machen. Mir ging es darum, Sara von diesem Fluch zu befreien, aber ich konnte und wollte natürlich weder das Leben meiner Freunde noch mein eigenes riskieren.

Für einen Moment blieben wir im Gang stehen und sahen uns um. Mir fiel auf, dass die Schäden an einigen Stellen zugenommen hatten. Es gab mehr Kratzspuren, Stühle, die am Morgen noch gestanden hatten, lagen auf der Seite, und ich meinte auch, an den Wänden die eine oder andere schwärzliche Verfärbung zu erkennen, als ob große Hitze auf sie eingewirkt hätte.

»Was meint ihr?«, fragte ich, ohne meinen Blick von dem Gang vor mir abzuwenden, an dessen Ende das Großraumbüro und der Zugang zum Keller lagen. »Irgendwas ist anders, oder?«

»Stimmt«, antwortete Pat und trat einen Schritt zu meiner Rechten, um einen Blick in das Büro neben sich zu werfen, das immer noch leer zu sein schien. »Noch mehr Schäden, die Flecken an den Wänden, und ich weiß nicht, wie es euch geht, aber ich habe so ein Gefühl, als würde mir etwas in die Knochen kriechen, ohne dass ich es benennen kann.«

Jetzt, wo mein Partner es erwähnte, spürte ich es auch. Ein Kribbeln lief mir über den Rücken, und wenn ich es nicht besser wüsste, hätte ich gedacht, kleine Klingen würden in mein Fleisch getrieben. Die Baghnakh, die ich die ganze Zeit völlig vergessen hatte, war stark erhitzt, was dafür sprach, dass hier nicht nur ein Werwolf auf uns wartete, wie ich Ingrid und Pat mitteilte.

»Was auch immer es ist, wir werden es nicht herausfinden, wenn wir hier stehen bleiben«, antwortete die Jägerin und ging weiter, um sich das nächste Büro anzusehen. Wir sicherten sie, als sie die Tür aufstieß, aber außer den bekannten Spuren hatte sich nichts verändert. Meter für Meter arbeiteten wir uns vor, bis wir schließlich im Großraumbüro standen. Dort wandten wir uns zuerst Wests Büro zu, doch auch hier war alles so, wie wir es verlassen hatten. Nichts deutete darauf hin, dass wir uns hier mit einem oder mehreren Feinden auseinandersetzen mussten.

»Bleibt noch der Keller«, sagte Pat und ging zur Tür, die den Zugang nach unten sicherte. Ingrid und ich flankierten ihn und sahen sofort, dass sich jemand Zugang verschafft hatte. Die Tür stand weit offen, oben war die Aufhängung herausgerissen worden und es waren Kratzspuren zu sehen. Als ich mir die Schäden ansah, während meine Partner mir Deckung gaben, bemerkte ich, dass sich unter den Kratzern ähnliche Verfärbungen befanden, wie ich sie an den Wänden gesehen hatte. Wenn der Werwolf hier durchgegangen war und die Tür so hinterlassen hatte, musste etwas vor ihm durch diese Tür gegangen sein.

»Seht ihr das? Wir müssen davon ausgehen, dass der Wolf hier nicht allein war. Hier sind die gleichen Schäden wie vorne.«

»Ich kann mir auch nicht vorstellen, dass ein Werwolf die Kraft hat, die Stahltür aus der Verankerung zu reißen«, hörte ich Ingrids Stimme neben mir und folgte mit meinem Blick ihrem ausgestreckten Zeigefinger, der zum Ende des Kellerganges zeigte. Die dortige Tür, die neben den normalen Schlössern eigentlich auch über einen magischen Zugang verfügte, der mit unserem Blut codiert war, stand ebenfalls weit offen. Das Metall war an der oberen Ecke verbogen, und ich war mir sicher, die Abdrücke von Fingern zu sehen, die sich hineingegraben hatten.

»Wir können nur hoffen, dass die Tigerkralle und unsere Schießeisen ausreichen«, fügte Pat hinzu und wir schwiegen einen Moment. »Hat jemand eine Ahnung, ob Diego den Flammenwerfer wieder aufgetankt hat?«

Mein Partner erinnerte uns daran, dass wir den Kampf gegen die Mumie des Sin-Balih mit Hilfe dieser ungewöhnlichen Waffe für uns entscheiden konnten[1].

»Ich glaube nicht«, antwortete ich. »Wenn du dich erinnerst, hat Diego uns das Ding damals nur mit Bedacht gegeben. Als ich es zurückgebracht habe, hat er es wieder irgendwo im Lager verstaut, aber nicht mehr aufgefüllt.«

»Lasst uns endlich loslegen«, sagte Ingrid und ich konnte die Ungeduld in ihrer Stimme spüren. »Je länger wir warten, desto gefährlicher wird die Lage.«

Bevor Pat oder ich etwas sagen konnten, ging sie die Treppe hinunter. Wir sicherten sie, so gut es ging, und mussten uns alle an der Metalltür vorbeischlängeln, die sich keinen Zentimeter bewegen ließ.

---

[1] Siehe Band 6: Rache aus der Vergangenheit

Im Gang dahinter fanden wir weitere Kratzspuren an den Wänden und auf dem Boden, aber keine verbrannten Stellen mehr. Einige Meter vor uns lagen die ersten beiden Zellen gegenüber, und ich meinte mich zu erinnern, dass die Tür der rechten verschlossen war, weil dort Pater Brady lag. Die Zelle auf der anderen Seite sollte leer sein, deshalb war die Tür offen. Jetzt wurde es schwierig, denn wir hatten nur wenig Platz, um uns gegenseitig vor einem Angriff zu decken und im Idealfall Sara in ihrer Wolfsgestalt in unsere Gewalt zu bringen.

»Pat, an die linke Wand«, flüsterte ich. »Ziel auf die Tür auf der anderen Seite. Ich positioniere mich entgegengesetzt von dir und schaue, ob ich etwas in dem Zimmer gegenüber sehen kann. Wenn der Raum sauber ist, schauen wir in Bradys Zimmer. Ingrid, du gibst uns Rückendeckung.«

Mein Partner nickte und schlich so weit vor, dass er einen guten Blick auf die Zellentür hatte. Als er mir zunickte, tat ich es ihm auf der anderen Seite gleich, wobei mir auffiel, dass die Tür nur halb geöffnet war. Um etwas sehen zu können, musste ich sie weiter aufstoßen. Als Pat mir signalisierte, dass von Bradys Zelle keine Gefahr ausging, schlich ich mich zur gegenüberliegenden Tür. Hinter mir spürte ich kurz Ingrids Hand auf meiner Schulter, um mir zu signalisieren, dass sie mich absicherte.

Schweiß lief mir von der Stirn, aber ich hatte keine Zeit, ihn wegzuwischen. In Gedanken zählte ich bis drei, dann stieß ich die Zellentür mit der Pistole in der Hand auf, was ein großer Fehler war.

Mit einem markerschütternden Brüllen stürmte eine muskelbepackte Masse aus schwarzem Fell und Zähnen aus der Zelle und riss Ingrid und mich zu Boden!

26

Wäre Ingrid nicht schneller gewesen als ich, wäre es um mich geschehen.

Sie krallte ihre Finger schmerzhaft in meine Schulter und riss mich zurück, gerade als sich die Hauer des Wolfes über meiner Schulter geschlossen hätten. Wir fielen beide nach hinten und ich landete auf ihr, was sie mit einem kurzen Aufschrei quittierte. Auf keinen Fall wollte ich schießen, aber ich musste erst sehen, dass ich aus der Gefahrenzone kam. Ich rollte mich von Ingrid herunter und drückte mich auf dem Hintern liegend mit den Beinen nach hinten und versuchte, die Jägerin mitzuziehen. Instinktiv schoss sie zweimal auf den Wolf und mir stockte der Atem, aber beide Kugeln schlugen nur in die Wand ein.

Bevor wir wieder auf die Beine kamen, schlug der Wolf nach Pat, der sich ebenfalls fallen lassen musste, um nicht getroffen zu werden. Ich hatte keine Ahnung, wie ich auf die Idee gekommen war, einen Werwolf zu überwältigen, aber jetzt kam uns zugute, dass der Gang sehr eng war und wir auf dem Boden lagen. Bevor die Kreatur wieder nach uns greifen konnte, trat ich mit aller Kraft zu und erwischte das Knie des Tieres. Obwohl es sich anfühlte, als hätte ich gegen einen Stein getreten, jaulte der Wolf auf und stolperte einen Meter zurück.

Aus den Augenwinkeln sah ich, dass Ingrid wieder die Waffe hob. Bevor ich etwas sagen konnte, drückte sie ab, aber offenbar hatte sie absichtlich etwas tiefer gezielt. Die Silberkugel schlug im schwarzen Fell am Oberschenkel der Kreatur ein, die ein ohrenbetäubendes Heulen ausstieß, ehe sie sich mit den Krallen an den Wänden abstützte und uns anstarrte, während gelblicher Speichel aus ihrem Maul auf den Boden tropfte. Vielleicht war das eine Möglichkeit, den Wolf so zu verletzen, dass wir versuchen konnten, ihn zu schwächen und einzusperren. Pat hatte sich bis jetzt zurückgehalten, worüber ich froh war, da ich wusste, dass er in der Regel äußerst kompromisslos war.

»Warte«, sagte ich, während ich mich auf die Beine kämpfte und die Tigerkralle vorstreckte. Gleichzeitig ließ ich den Colt im Holster unter meiner Jacke verschwinden und vertraute darauf, dass Ingrid und Pat im Notfall von ihren Waffen Gebrauch machen würden. Mein Plan war, mit der Kralle Einfluss auf die Kraft des Werwolfs in Sara zu nehmen. Schon einmal war es mir gelungen, mit Hilfe der Waffe einen Menschen von einem Dämon zu befreien[1] und ich hoffte, dass es noch einmal funktionieren würde.

Langsam ging ich auf den Werwolf zu, dessen Blick ständig zwischen uns und den Waffen in unseren Händen hin und her pendelte. Hinter ihm war nur noch ein Teil des Ganges, der auf der einen Seite an der Tür zum Hof und auf der anderen Seite an der Tür zum Stockwerk darunter endete. Eine Flucht war nicht möglich. Ich verstand sowieso nicht, warum der Wolf hier unten war, aber vielleicht würden wir es von Sara erfahren, wenn sie sich wieder zurückverwandelt hatte.

»Isaac, was hast du vor?«, zischte Pat zwischen den Zähnen hervor, obwohl ich annahm, dass er meinen Plan durchschaut hatte. Die Klinge der Tigerkralle hielt ich immer noch vor mich ausgestreckt, denn sie war meine Absicherung, falls alles schiefgehen sollte.

»Das *Indish Roadhouse*«, sagte ich leise, in der Hoffnung, ihn daran zu erinnern, wie es mir gelungen war, Chrulos aus Uma Khares Körper zu vertreiben.

Nur noch wenige Schritte trennten mich von dem Werwolf, und kurz dachte ich an den Moment, als ich Saras Vater in einer ähnlichen Situation gegenübergestanden hatte[2]. Ich suchte Augenkontakt mit der Kreatur, um zu sehen, ob ich irgendeine Bindung zu ihr herstellen konnte, aber ich erkannte nichts als Wut, Schmerz und Hass im Antlitz des Wolfes. Dunkles Blut tropfte aus dem schwarzen Fell und sammelte sich in einer Lache auf dem Boden und ich bemerkte, wie die Kreatur ihre Muskeln immer mehr anspannte, je näher ich ihr kam. Zweifel keimten in mir auf und in diesem Moment wurde mir bewusst, dass es auch mit mir in Sekundenbruchteilen vorbei sein konnte, wenn ich mich in meinem Vorhaben

---

[1] Siehe Band 5: Die Zombie-Brigade
[2] Siehe Band 1: Die Hand des Werwolfs

irrte.

Aber das sollte ich nie erfahren. Gerade als ich glaubte, die Situation unter Kontrolle zu haben, riss der Wolf sein Maul auf und sprang erneut auf mich zu. Seine Krallen bohrten sich in meine Schultern, und hätte ich meine Jacke nicht getragen, wären sie mühelos durch Fleisch und Knochen gedrungen. Pat und Ingrid hatten keine Chance zu reagieren, auch sie wurden von dem Angriff überrascht. Da wir so dicht beieinander standen, wurden sie von der Wucht des Aufpralls nach hinten geschleudert, und ich sah aus den Augenwinkeln, wie Pat mit dem Kopf gegen die Wand prallte und zusammensackte. Ingrid schaffte es, den Schwung zu nutzen, stieß aber gegen die Türöffnung hinter ihr, was auch sie kurzzeitig beeinträchtigte.

In diesem Moment, als die Bestie über mir saß und mir stinkender Speichel ins Gesicht tropfte, schloss ich mit meinem Leben ab, doch anstatt mich mit einem Biss endgültig zu töten, verharrte der Wolf und ich sah an seinem Blick, dass etwas nicht stimmte. Dann bemerkte ich, dass mir eine warme Flüssigkeit über die Hand lief und sah nach unten. Instinktiv hatte ich die Tigerkralle hochgerissen, als die Kreatur mich angegriffen hatte, und die Klinge war tief in ihren Bauch eingedrungen. Ich versuchte, die Waffe aus der Wunde zu ziehen, aber sie schien sich verkeilt zu haben, denn ich konnte sie keinen Millimeter bewegen.

Als ich wieder aufblickte, sah ich, wie der Blick des Werwolfs brach. Die Magie der Baghnakh reichte zweifellos aus, um ihn zu töten, und mein Magen krampfte sich zusammen, denn ich wusste, dass in wenigen Minuten der leblose Körper von Sara Vincent auf mir liegen würde, von mir und meiner Waffe gerichtet.

Mit letzter Kraft richtete sich die Bestie auf, während ich bemerkte, dass sich das Fell, die Krallen und die übergroßen Kiefer bereits zurückzogen. Ich wollte das nicht sehen und zwang mich, den Blick abzuwenden, während der Körper auf mir schrumpfte und kleiner wurde. Obwohl ich wusste, dass es nicht meine Schuld war und es anscheinend keine andere Möglichkeit gab, war mir klar, dass ich mit diesem Ereignis nur schwer würde leben können.

Ein Geräusch verriet mir, dass Saras Körper zur Seite gekippt war und nicht mehr auf mir lag. Trotzdem konnte ich mich nicht bewegen, bis ich die Stimme von Pat hörte: »Isaac, sieh doch!«

Widerwillig drehte ich den Kopf, bereit, in die toten, vorwurfsvollen Augen von Sara Vincent zu blicken, und stieß einen kurzen Schrei aus, als ich den nackten Körper von Tom Siegel neben mir auf dem Boden liegen sah!

27

Pat zog mich von Toms Leiche weg, während Ingrid in die Zelle ging, aus der uns der Werwolf angegriffen hatte, um ein Laken vom Bett zu holen. Mit starrem Blick zog sie die Tigerkralle aus der Wunde und säuberte sie mit einer Ecke des Stoffes, bevor sie das Tuch über dem Toten ausbreitete.

Schweigend reichte sie mir die Waffe, die ich mit zitternden Fingern entgegennahm und unter meiner Jacke verstaute. Das Material war noch warm, aber das würde sich bald ändern. Ich rappelte mich auf und wir starrten gemeinsam auf das Bild vor uns. Nicht Sara hatten Pat und Ingrid die ganze Zeit über verfolgt, sondern Tom. Nicht er war verschwunden, nachdem Sara ihn angegriffen hatte, sondern sie war irgendwo in London unterwegs. Ein schwacher Trost, denn Tom war auch für uns Freund und Partner gewesen.

Wäre Diego jetzt bei uns, hätte er sich um die weitere Organisation gekümmert, aber auch für solche Fälle hatten wir Notfallkontakte, die wir anrufen konnten. Doch der Schock bei uns dreien saß zu tief, als dass einer an die nächsten Schritte denken konnte.

»Es tut mir sehr leid«, sagte Ingrid leise, die Tom noch nicht so lange gekannt hatte wie Pat und ich. »Ich glaube, wir haben uns die ganze Zeit etwas vorgemacht, als wir dachten, Tom sei einfach verschwunden. Bleibt immer noch das Problem, dass wir Sara finden müssen. Und Ian.«

»Lasst uns nach oben gehen«, ergänzte Pat. »Ich muss etwas trinken, und wir brauchen Ruhe. Im Moment können wir nichts tun, also konzentrieren wir uns erst einmal auf uns selbst.«

Ingrid nickte und griff nach meiner Hand, aber ich ging wieder zu Tom und zog das Laken, das Ingrid nicht ganz über ihm ausgebreitet hatte, gerade. Seine Hand, die eben noch an einer Ecke herausgeschaut hatte, verschwand unter dem Stoff. Mit schweren Schritten ging ich zurück zur Treppe, zwängte mich wie meine Partner wieder an der verzogenen Metalltür vorbei und ließ mich auf einen der Stühle im Besprechungsraum fallen.

»Ein Schluck Wasser reicht mir«, rief ich Pat zu, als ich sah, wie er eine Flasche Cognac aus einem der Küchenschränke holte. Er zuckte mit den Schultern und deutete auf Ingrid, die ebenfalls Wasser bevorzugte.

»Hatte er Familie?«, fragte ich, wohl wissend, dass die meisten Jäger keine Angehörigen hatten, weil ihr Leben zu gefährlich war.

»Ich glaube nicht«, antwortete Pat, »aber wir werden es herausfinden. Ich hoffe, dass Diego bald wieder da ist und sich um diese Dinge kümmern kann. Aber was machen wir jetzt mit Sara? Irgendwo in London läuft noch ein Werwolf herum, den müssen wir finden.«

»Das Problem ist, dass es anscheinend keinen Unterschied macht, ob es Tag oder Nacht ist«, entgegnete Ingrid. »Vollmond ist auch keine Garantie, wie wir hier gesehen haben. Und ich hätte gerne erst meine Armbrust.«

Bevor ich etwas sagen konnte, spürte ich, wie es unter meiner Jacke wieder warm wurde. Ich griff nach der Kralle, die erneut heiß geworden war, als ich dem Werwolf gegenübergestanden war. Daher schob ich mir instinktiv die Ringe der Waffe über die Hand. Noch bevor ich meine Freunde warnen konnte, veränderte sich das Licht im Raum. Von einem Moment auf den anderen war es stockdunkel und die Temperatur sank um mehrere Grad. Fast gleichzeitig sprangen wir von unseren Stühlen auf, was ich nur daran bemerkte, dass durch den Schwung neben meinem Stuhl auch die meiner Partner hinten gegen die Wand prallten.

»Was passiert hier?«, schrie Ingrid, als plötzlich ein durchdringendes Heulen ertönte, das nicht von einem Wolf stammte, sondern wie ein Sturm klang.

»Achtet auf alles«, antwortete ich und versuchte, gleichzeitig jeden Zentimeter meiner Umgebung im Auge zu behalten. »Die Tigerkralle ist wieder heiß. Wir werden angegriffen.«

Wie Ingrid hatte Pat inzwischen seine Waffe gezogen, was ich nur daran erkennen konnte, weil die Schwärze, die uns eben noch umgab, von einem giftgrünen Schimmer durchdrungen wurde. Mit Schwung schob ich den Tisch ein Stück zurück, bis er von der gegenüberliegenden Wand gestoppt wurde. Überrascht blickten wir auf ein Loch im Boden, das sich dort gebildet hatte und mit seinem langsam, aber stetig wachsenden Umfang die Quelle des Lichts war. Gelblicher Rauch, der sich auf meine Lungen legte und in meinen Augen brannte, stieg aus der Öffnung auf, bevor er sich auflöste, als er die Decke erreichte.

»Seht ihr auch diese Hände?«, rief Pat und deutete auf undeutliche schwarze Schatten, die aus dem Loch kamen. Waren es zunächst undeutliche Klumpen, so bildeten sich im nächsten Moment lange Finger mit Krallen, die aus dem Loch griffen und mit einem kreischenden Geräusch über den Boden fuhren. Zum Test gab Pat einen Schuss ab, welcher mit einem hellen Schrei quittiert wurde, der direkt in unseren Köpfen widerzuhallen schien. Dann verschwanden die Hände für ein paar Sekunden, um kurz darauf wieder aufzutauchen.

»Das ist ein Tor«, murmelte ich, denn ich hatte so etwas schon einmal gesehen[1]. »Mit unseren Waffen werden wir nicht viel ausrichten können. Soll ich es mit der Tigerkralle versuchen?«

---

[1] Siehe Band 4: Hotel der Alpträume

So sehr es mir auch widerstrebte, im Moment hatten wir keine andere wirksame Waffe zur Verfügung. Doch bevor ich etwas unternehmen konnte, wurden wir drei von einer unsichtbaren Kraft gepackt und in die Luft gehoben. Meine Rippen knackten fürchterlich, und wie meine Partner stieß auch ich einen kurzen Schrei aus. Zum Glück konnte ich die Tigerkralle nicht verlieren, da die Ringe fest an meinen Fingern saßen, aber ich hatte Angst, dass Ingrid und Pat vor Schmerz ihre Waffen fallen lassen würden.

»Steckt die Waffen ein, damit sie euch nicht aus der Hand gleiten«, schrie ich ihnen zu und kämpfte gegen das immer lauter werdende Heulen an. Offenbar gerade noch rechtzeitig, denn Sekunden später erschien wie aus dem Nichts eine Art Flammenschnur, die sich um unsere Körper legte und unsere Rücken aneinanderpresste. Ich hatte Angst, dass unsere Kleider zu brennen beginnen würden, aber die Flammen waren kalt wie Eis. Trotzdem spürte ich den Schmerz durch meine Kleidung dringen und versuchte instinktiv, das Seil mit der Klinge der Tigerkralle zu durchtrennen, aber es fehlten wenige Millimeter. Bevor ich meine Bemühungen intensivieren konnte, verstummten alle Geräusche und der Raum um uns herum war wieder in völlige Dunkelheit gehüllt. Nur die Öffnung im Boden unter uns, die ich aus den Augenwinkeln noch erkennen konnte, spendete uns weiterhin Licht. Erschrocken stellte ich fest, dass fast das ganze Zimmer unter uns verschwunden war, bis auf ein kleines Stück im vorderen Bereich, wo plötzlich eine Gestalt in einem dunklen Anzug mit schwarzer Haut und violetten Augen auftauchte und uns mit einem triumphierenden Grinsen seiner gelblichen Hauer ansah.

»Hallo Isaac«, sagte Gagdrar leise und machte eine Handbewegung. Das Seil um uns herum zog sich noch enger zusammen, und wir drei stöhnten gemeinsam auf. Ich konnte sehen, dass an der Seite, an der ich ihm die Klaue abgetrennt hatte, noch immer nur ein Stumpf zu sehen war, was mir trotz der Situation einen kurzen Moment der Genugtuung verschaffte, auch wenn ich wusste, dass wir kaum eine Chance hatten, aus dieser Lage zu entkommen.

»Was willst du? Ist das alles dein Werk? Wo sind Ian West und Sara?«

Ich stellte die Fragen, ohne weiter darüber nachzudenken. Ingrid, die den Dämon noch nie gesehen hatte, schwieg ebenso wie Pat.

»Willst du mich nicht der reizenden kleinen Jägerin vorstellen? Schließlich hatten sie und ich noch nicht die Ehre. Bis jetzt!«

»Fahr zur Hölle!«, spie ich ihm entgegen und versuchte, selbstbewusster zu klingen, als ich es gerade war.

»Keine Sorge, da gehen wir jetzt alle hin«, antwortete er und lächelte mich unverwandt an. Dann machte er wieder eine Handbewegung, doch diesmal veränderte sich sein Körper. Das Oberteil des Anzugs verschwand, seine Brust öffnete sich und zwei flammende Lichtbälle verließen seinen Körper und fielen vor ihm zu Boden. Sekundenbruchteile später war seine Kleidung wieder unversehrt.

Ich blickte auf die Kugeln, die mit rasender Geschwindigkeit größer wurden und so etwas wie Arme und Beine bildeten. Ich erinnerte mich, wie Ingrid mir erzählt hatte, dass aus Pater Brady ebensolche Wesen entstanden waren, die aber von Ar'Ath erschaffen und gesteuert wurden. Wie kam es, dass Gagdrar nun diese Macht besaß?

»Eigentlich hatte ich daran gedacht, deine Freunde zu töten und nur dich mitzunehmen, aber wenn ich es mir recht überlege, macht es so viel mehr Spaß. Und für dich, Isaac, solange du tust, was ich sage, bleiben sie am Leben. Also – können wir?«

Bevor wir in irgendeiner Weise reagieren konnten, wuchsen die beiden Lichtwesen zu ihrer vollen Größe heran, sprangen uns an und klammerten sich fest. Dann stürzten wir gemeinsam mit rasender Geschwindigkeit durch das Loch in eine endlose Tiefe!

Epilog

Als er zum ersten Mal die Augen öffnete, musste er sie sofort wieder schließen. Zu groß war der Schmerz, als das Licht der Neonröhre über ihm auf seine Pupillen traf. Obwohl ihm jedes Zeitgefühl fehlte, wusste er, dass es viele Minuten dauern würde, bis er endlich in der Lage sein würde, die Lider offen zu halten, ohne sie instinktiv wieder zu schließen. Jeder Muskel in seinem Körper schmerzte und er hatte keine Ahnung, wo er sich befand. Es schien, als hätte er keine Kontrolle mehr über seinen Körper, denn jede Bewegung, die er machen wollte, endete in Schmerz und Erschöpfung. Außerdem schienen seine Sehnerven völlig überreizt zu sein, denn die ersten Bilder, die er wahrnahm, waren unscharf und verschwommen.

Irgendwann aber schien sich sein Organismus wieder gefangen zu haben und er setzte sich auf. Wo war er hier? Der Raum sah aus wie ein Hotelzimmer. Neben dem Bett, auf dem er lag, und einem Schreibtisch mit Stuhl gab es einen Schrank und einen kleinen Fernseher, der nicht eingeschaltet war. Er wusste, wer er war, auch wenn ihm sein Name im Moment nicht einfiel. Er kannte auch den dunkelroten Stoff, mit dem er bedeckt gewesen war und der jetzt zu seinen Füßen auf dem Boden lag, aber sein Gehirn war noch nicht in der Lage, alle Einzelheiten zusammenzusetzen. Für einen Moment versuchte er, sich vom Bett zu erheben, fiel aber gleich wieder zurück und beschloss, vorerst sitzen zu bleiben.

Ein Geräusch an der Tür ließ ihn zusammenzucken. Bisher hatte er dem Rest des Zimmers keine Aufmerksamkeit geschenkt, aber hinter der Tür, die angelehnt war und den Blick auf den Raum dahinter verbarg, schien sich etwas zu tun. Dreckige Finger tauchten auf und schlossen sich um das Holz über der Türklinke. Der Mann riss erschrocken die Augen auf, unfähig zu überlegen, was er tun sollte.

Im nächsten Moment stieß er einen kurzen Schrei des Erstaunens aus, als die Tür aufgestoßen wurde und eine nackte junge Frau in den Raum stolperte, deren Körper von oben bis unten mit Blutresten bedeckt war, während sie versuchte, ihre Brüste und ihren Intimbereich mit den Händen zu bedecken.

ENDE des ersten Teils

Hardcover Bonuskapitel

Der erste Band des Zweiteilers hat mehrere Stadien durchlaufen. Manches, was ursprünglich geplant war, wurde verworfen, dafür wurden neue Ideen entwickelt. Dass der Pater in dieser Form wieder auftauchen und Sara sich so entwickeln würde, kristallisierte sich erst später heraus, war aber eine logische Konsequenz aus dem, was in den Bänden zuvor geschehen war.

Die Grafiken bieten Inspirationen, die ich für mich zu den Szenen entwickelt hatte, vom Büro über die U-Bahn bis hin zu Ingrid im Kampf. Gagdrar sollte eigentlich eine etwas andere Rolle einnehmen, aber das hat sich geändert. Und über das letzte Bild werden wir in Band 11 mehr erfahren …

Im Büro

Im Tunnel

Angriff auf Carvill

Alternative Gagdrar

Ingrid

Eine Familien-Inspiration

Isaac Kanes Leserseite

Die Serie *Dämonenjäger Isaac Kane* ist eine bewusste Hommage an die Heftromanserien der 70er und 80er Jahre. Etwas, das ich als Leser immer sofort angeschaut habe, wenn ich ein neues Heft meiner Lieblinge wie *John Sinclair*, *Tony Ballard*, *Der Hexer* oder *Larry Brent* in der Hand hatte, war die Leserseite. Gerade der Austausch der Autoren oder Redakteure mit den Leserinnen und Lesern, das Einfordern und Aufgreifen von Vorschlägen oder auch die Diskussionen darüber, welche Figuren aufgewertet werden oder sterben sollten, hat mich immer fasziniert und begeistert.

Vor allem, wenn sich die Autorinnen und Autoren wirklich dafür interessierten, was den Fans an der Serie gefiel oder auch nicht, dann ging der Kosmos der Serie über das Papier hinaus, auf dem sie gedruckt wurde.

Und genau das möchte ich mit *Dämonenjäger Isaac Kane* erreichen! Auch wenn ich als Autor in erster Linie selbst Spaß daran haben möchte, meine Serie zu schreiben und weiterzuentwickeln, ist mir Dein Feedback (ja, ich schaue Dich gerade an!) wichtig. Ich freue mich, wenn Dir die Serie gefällt und Du sie weiterempfiehlst. Ich freue mich aber auch, wenn Du Vorschläge hast, wie *Dämonenjäger Isaac Kane* in Zukunft aussehen könnte!

Welche Gegner interessieren Dich? Wie findest Du das Konzept der Serie bisher? Wovon bist Du mehr Fan – mehr Action oder mehr Atmosphäre? Oder, oder, oder …?

Als Entwickler einer Geschichte schreibt man zunächst immer für sich selbst. Aber wenn man sich dazu entschließt, seine Ideen mit Leserinnen und Lesern zu teilen, ist der konstruktive Austausch meiner Meinung nach ein wichtiger Teil der Weiterentwicklung – vor allem, wenn es sich um eine Serie handelt, die bewusst mit einigen Geheimnissen gestartet wurde und viel Potenzial bieten soll. Also – fühl Dich herzlich eingeladen, Teil der Welt von Isaac Kane zu werden! Bring Dich ein und hilf mit, die Welt unseres Helden noch interessanter zu machen. Und vielleicht hilft die Leserseite ja auch, Kontakte zwischen den Fans zu knüpfen – so wie es bei meinen oben genannten Vorbildern oft der Fall war!

Achtung: Bitte keine Nachrichten per Post! Für Fragen, Anregungen und Kontaktaufnahme bitte immer die unten stehende Mailadresse verwenden – vielen Dank!

---

isaac-kane@schreibwerkstatt-gilga.de

Bitte teile mir mit, wenn ich Deinen Leserbrief NICHT oder nur anonym veröffentlichen soll, da ich sonst bei allen Einsendungen davon ausgehe, dass eine Veröffentlichung auf der Leserseite gewünscht ist! **Dann habe ich noch eine persönliche Bitte, die mir als Self-Publisher sehr hilft. Wenn dir der Roman gefallen hat, würde ich mich über eine positive Rezension auf Amazon sehr freuen. Aber wie gesagt, nur wenn du magst und es dir gefallen hat.**

Ich hoffe, euch hat der erste Teil des Zweiteilers gefallen und ihr seid gespannt, wie es mit Isaac und seinen Freunden in Band 11 – Abstieg in die Dunkelheit – weitergeht. Wir haben ja wieder ein paar mehr Informationen bekommen, warum Ian West bisher so agiert hat. Eine kleine Bitte – wie immer freue ich mich über jede Rezension, aber bitte vermeidet dabei Spoiler, die Teile der Handlung verraten, um anderen, die vielleicht warten wollen, bis auch der zweite

Band erschienen ist, nicht den Spaß zu verderben. Nun zu euren Briefen:

Der erste Brief für heute kommt von **Udo Fröhlich** (und ausnahmsweise mit Nachnamen, damit ihr bei Amazon / in eurer Buchhandlung wisst, nach wessen Kurzgeschichtensammlung ihr suchen könntet). Wie immer freut man sich besonders über Lob von Kolleginnen und Kollegen:

Hallo Ulrich, hallo Autorenkollege. Ich schreibe aus dem Urlaub, in dem ich bereits in den ersten Tagen Dein »Die Hand des Werwolfs« verschlungen habe. Wunderbar spannende Geschichte mit faszinierenden Szenarien, die mich komplett von Anfang an in die Geschichte eintauchen ließen. Chapeau! 5 Sterne-Bewertung auf Amazon folgt. Übrigens erkannte ich das »Slaughtered Lamb« aus John Landis' grandiosem Film sofort. Schöne Erwähnung. Weiterhin viel Kreativität.

Lieber Udo, vielen Dank für die netten Worte. Und natürlich war mir klar, dass die kleine Reminiszenz an *American Werewolf* von den meisten entdeckt werden würde, aber ich bin überzeugt, dass einige andere Easter-Eggs, die ich in jedem Band irgendwo unterbringe, schwieriger zu finden sind. Ich bin gespannt, wie dir die nächsten Bände gefallen, und freue mich auf dein zukünftiges Urteil. Liebe Grüße!

Weiter geht es mit **Henri**, der der Serie schon lange verbunden ist, aber auch ein paar kritische Anmerkungen hat, die ich in Auszügen mit euch teilen möchte:

Ich habe fast alle Isaac Kane gelesen und wollte nun doch noch etwas loswerden. Alles in allem gefällt mir die Serie ja ganz gut. Leider hat mir der Roman von Michael Blihall absolut nicht gefallen und habe ihn nicht einmal bis zur Hälfte gelesen. Er ist ein Autor, dessen Schreibstil mir nicht zusagt, und ich würde keinen weiteren Roman in der Serie von ihm kaufen. Weiterhin stressen mich die ganzen Fußnoten, in denen immer wieder auf alte Ausgaben verwiesen wird. Ich weiß es kommt in vielen Heften vor, aber die Isaac Kane stressen da schon sehr.

Ich denke, ein Leser, der die Serie kennt, muss nicht auf jeder zweiten Seite auf andere Titel aufmerksam gemacht werden, da er weiß, worum es geht. Bei Michael Blihall haben mich auch die vielen Fußnoten und die Unmengen von wienerischen Wörtern gestört. Habe jetzt Band 9 vor mir liegen. Bisher war von dir nur ein Titel, der mir nicht gefallen hat, glaube das war der vor dem von Michael Blihall, den habe ich auch nicht ganz gelesen. Es gibt mal schwächere, mal bessere, das ist immer so.

Danke für dein Feedback Henri. Wie du selbst schreibst – nicht jeder Autor gefällt einem mit seinem Schreibstil. Das geht mir auch manchmal so. Ich weiß, dass Michael viele Fans hat, die seine Romane mögen und auch da gibt es sicher Unterschiede, je nachdem für welche Serie er gerade schreibt. Für mich persönlich war der Sonderband ein gelungenes Experiment, das ich aber aus verschiedenen Gründen – zumindest vorerst – nicht wiederholen werde. Die nächsten Bände sind also wieder alle von mir.

Zu den Fußnoten: Beginnen wir auch hier mit Michaels Roman. Ich mochte die Idee, dass der Roman in Wien spielt und dass man so auch etwas von der Sprache und den Gegebenheiten mit einfließen lassen kann. Das hatten wir vorher besprochen, wohl wissend, dass wir einige erklärende Informationen einbauen müssen. Wenn es dich gestört hat, tut es mir leid – ich habe das Glück, bei Bedarf solche Dinge immer schnell überlesen zu können.

Die Fußnoten zu meinen eigenen Bänden sind da schon schwieriger. Ich habe dafür schon Lob und Kritik bekommen und stimme zu – der regelmäßige Leser weiß, wann was passiert ist. Allerdings habe ich auch schon Feedback bekommen, dass es (gerade, da die Reihe derzeit etwa alle zwei Monate erscheint) hilfreich ist, wenn ich im Rahmen des Gesamtkonstrukts der Handlung immer wieder Hinweise auf das Geschehene gebe. Das ist auch in diesem Band wieder der Fall, weil gerade jetzt in Band 10 und Band 11 viele Fäden zusammenlaufen, zu denen ich Fährten gelegt habe, die ich wieder aufgreife. Ich hoffe, ich reiße dich damit nicht zu sehr aus dem Lesefluss.

Dass dir Band 7 – Die Vampir-Allianz – anscheinend nicht gefallen hat, enttäuscht mich natürlich ein wenig :-) Immerhin ist es genau der Band, der es (neben vier Bänden aus dem Hause BASTEI, womit ich dort der einzige Self-Publisher bin) unter die Finalisten für die Wahl zum besten Heftroman 2024 beim Vincent-Preis geschafft hat und wo am 10. Mai auf dem Marburg-Con die Preisverleihung stattfinden wird. Aber auch hier – die Geschmäcker sind verschieden. Ich freue mich, wenn du der Serie weiterhin die Treue hältst, und wie du siehst, geht es mir auf der Leserseite um den Austausch und nicht darum, nur Lobeshymnen abzudrucken (auch wenn ich einige Passagen aus deinem Brief kürzen musste, da diese eher von Michael selbst beantwortet werden sollten).

Weiter zu **Thomas** und hier sieht man schön, wie unterschiedlich die Geschmäcker sind. Aber genau das zeichnet ja eine lebendige Community aus:

Ich habe gerade den Sonderband »Das Grauen schleicht durch Wien« und Band 9, »Wünsche, die der Teufel erfüllt«, beendet. Die Geschichte in Wien hat mir sehr gut gefallen. Das Isaac hier fast nur eine Nebenrolle spielt, finde ich nicht tragisch, zumal es ja in den Serienkontext passt, weil er erst Jahre später in den übernatürlichen Strudel gerissen wird. Michael Blihall hat einen Schreibstil, der sehr flüssig zu lesen ist und die wienerischen Begriffe bringen, für mich als Nordrhein-Westfale, eine besondere Note in den Roman. Übersetzungsprobleme hatte ich keine :-) (auch dank der Fußnoten). Weitere Sonderbände, nicht nur von Herrn Blihall, würde ich mit Kußhand nehmen. Nächste Woche sind meine Frau und ich in Hamburg (drei Tage Heavy Metal – Warm Up und Hell Over Hammaburg). Da werden wir auch im Café Roncalli einkehren und ich werde beim Kaffee sicherlich an Krokodile denken.
Band 9 hat es geschafft, dass ich mich beim Lesen plötzlich an zwei alte Zeitschriftenläden erinnert habe. Bei Selters habe ich immer Zack und Marvel Comics gekauft. Das alte Williams Werbeposter für die Marvel Comics, welches ich damals geschenkt bekam, hängt im Flur. Den Namen von dem anderen Laden, nahe der Grundschule, weiß ich nicht mehr, da haben wir die Pannini-

Sammelbilder und lose Süßigkeiten gekauft. Zum Glück ging es damals mit rechten Dingen zu. Beim Klappentext musste ich an King's »Needful Things« denken, die Geschichte hat ja einen ähnlichen Kern.
Ich bin jedenfalls mächtig gespannt, wie es weiter geht und was Du dir für Isaac ausgedacht hast. Prima, da immer nur ein bisschen vom großen Ganzen enthüllt wird und man mitfiebern kann. Die Hardcover-Ausgaben sind schick, ich kämpfe noch mit mir, ob ich die Softcover-Bände 1-7 noch als gebundene Bücher nachkaufen soll.

Danke für das Lob. Und gerade dein Feedback zu Michaels Roman passt natürlich perfekt hierher, das ist ja das Spannende an der Literatur.

Wie ich oben schon geschrieben habe, sind derzeit keine weiteren Sonderbände geplant, was zeitliche, aber auch organisatorische Gründe hat. Außerdem muss es in das Konzept der Reihe passen. Im Gegenzug denke ich aber selbst darüber nach, für den Gespenster-Krimi eine Geschichte mit August Strack, dem Jäger im Jahr 1901 aus Band 4 – Hotel der Alpträume – zu schreiben. Aber wahrscheinlich fehlt mir dafür die Zeit.

Schreiben ist eine interessante Erfahrung, weil man trotz sorgfältiger Planung immer wieder von den Figuren und ihren Handlungen überrascht wird. Für Band 9 hatte ich tatsächlich eine Inspiration aus Kings Roman im Kopf, aber dann haben sich einige Dinge verselbstständigt. Hinzu kam die Handlung der vorherigen Bände, die einfach von der Logik her dazu führte, einen etwas anderen Weg einzuschlagen. Und gerade der Reiz, dass wir alle solche Läden kennen, hat es dann für mich spannend gemacht. Bei mir waren es Lottoläden oder alte Bahnhofsbuchhandlungen, die es heute in der Form nicht mehr gibt. Und natürlich der eine oder andere Spielwarenladen – die älteren Ruhrgebietler, zu denen ich gehöre, erinnern sich sicher noch an *Roskothen* in der Essener Innenstadt.

Danke auch für das Lob für die Hardcover-Bände – es war mir wichtig, diese mit Extras auszustatten, damit sich der naturgemäß höhere Preis, der bei der Herstellung entsteht, auch für die Lese-

rinnen und Leser lohnt. Und mal schauen, ob wir uns Anfang Juni bei Blue Öyster Cult in Berlin sehen ...
Hier würde mich auch das Feedback von anderen interessieren – eBook, Softcover, Hardcover, Hörbuch? Welches Format bevorzugt ihr?

Noch ein Autorenkollege – **Oliver Gross**, dessen Bücher auch überall erhältlich sind, hat mir wieder geschrieben, was mich sehr freut. Und falls ihr die Leserseite vor dem Roman lest, springt ihr am besten jetzt weiter zum nächsten Block.

Ich bin etwas hinterher, habe aber gerade Band 8 »Der gefallene Exorzist« beendet. Eine tolle Geschichte in vielerlei Hinsicht! Zum einen finde ich die Prämisse – ein Exorzist, der selbst von einem Dämon besessen ist – schlichtweg genial und eine gelungene Variation des Exorzismus-Themas. Da hätte man sicherlich auch die doppelte Seitenzahl füllen können, ohne dass es langweilig geworden wäre. Aber ich gehe davon aus, dass wir früher oder später wieder auf Pater Brady und Ar'ath stoßen werden ... Ebenfalls gefällt mir, dass diesmal nicht Kane und Walsh die Kastanien aus dem Feuer holen müssen, sondern dass diese Aufgabe der neu eingeführten Figur Ingrid Green zufällt. Diese wird noch reichlich Stoff für die Zukunft der Serie bieten, da bin ich mir sicher. Erfreulich finde ich auch, dass wir zügig mehr über das Schicksal von Sara Vincent erfahren. Den Epilog möchte ich an dieser Stelle nicht spoilern, aber ich glaube, da kommt noch Großes und Dramatisches auf uns zu. Die Spannung wird also weiterhin auf hohem Niveau gehalten und die Karten immer wieder neu gemischt. So kann es gerne weitergehen.

Es freut mich sehr, dass dir Band 8 so gut gefallen hat. Ich fand auch die Idee sehr spannend, den Pater so kompromisslos anzulegen und ihn dann genau so auf die andere Seite zu ziehen. Dazu kommt noch, dass ich die Fähigkeiten des Dämons, Wests Keller und einiges mehr schon als Ideen und Notizen beim Erstellen des Serienkonzepts hatte, sich aber immer wieder Dinge verschoben haben, weil sich die Handlung anders entwickelt hat.

Bisher habe ich auch einiges an positivem Feedback zu Ingrid bekommen und freue mich, dass sie den Leserinnen und Lesern gefällt. Es war mir wichtig, eine Frauenrolle zu erschaffen, die auf Augenhöhe mit Isaac und Pat ist, eigentlich sogar erfahrener als Isaac. Mal sehen, wie sich die Konstellation entwickelt und was Band 11 bringt. Und von Sara haben wir ja einige Entwicklungen mitbekommen. Auch hier – und das kannst du als Autor sicher bestätigen – hat mich manches selbst überrascht, weil es sich einfach logisch entwickelt hat. Und wie ich schon an einigen Stellen geschrieben habe – Band 11 bringt einige Veränderungen – für Freund und Feind. Ob das alle überleben? Wir werden sehen.

Zurück zum Vincent-Preis. Es handelt sich um einen Preis für Horrorliteratur, mit dem jährlich die besten Werke des Genres »Horror und unheimliche Phantastik in deutschsprachiger Originalausgabe« ausgezeichnet werden. Links dazu findet ihr im Internet oder auf meinen Profilen bei Facebook oder Instagram. Dieses Jahr hatte ich das große Glück, mit Band 7 von Isaac Kane – Die Vampir-Allianz – unter die letzten fünf Romane in der Kategorie »Bester Heftroman« zu kommen, und bis zum 15. April konnten die Fans für ihren Favoriten abstimmen. Neben meinem Band ist die Konkurrenz hochkarätig und schwer zu schlagen:
- Adrian Doyle – Der Fluch von Saint-Cyriac (Professor Zamorra 1305)
- Alexander Weisheit – Die Formel der Hölle (Gespenster-Krimi 138)
- Michael Blihall – Wiener Wahnsinn (Gespenster-Krimi 141)
- Veronique Wille – Der Teufel kommt an Halloween (Professor Zamorra 1315)

Außerdem ist noch das Cover von Michael Blihalls Sonderband – Das Grauen schleicht durch Wien – und das von Azrael ap Cwanderay gestaltet wurde, in der Kategorie »Beste Horror-Grafik« nominiert.

Und jetzt heißt es für alle Nominierten: Warten! Die Preisverleihung findet am 10. Mai in Marburg auf dem Marburg-Con statt – dort habt ihr also die Chance, mich zu treffen. Ich werde zwar keinen Stand haben, sondern nur als Besucher vor Ort sein, aber wenn ihr signierte Exemplare meiner Bücher haben wollt, meldet euch bitte vorher per Mail bei mir, damit ich weiß, was ich mitbringen soll. Meine liebe Kollegin Marlene Klein, die einen Stand hat, hat mir netterweise angeboten, dass ich meine Bücher bei ihr unterstellen kann. Wenn man sonst vielleicht nur ein mitgebrachtes Buch signieren lassen oder ein bisschen plaudern will – auch das ist kein Problem. Ich sollte mit einem Isaac-Kane-T-Shirt gut zu erkennen sein. Also – wer von euch ist auch dort?

Wenn ihr wollt – der Kollege Alexander Weisheit, der auch nominiert ist, führt traditionell Interviews mit den Nominierten und diesmal war ich auch dabei. Das Interview findet ihr hier auf der Seite des Vincent Preises:

https://vincent-preis.blogspot.com/2025/03/damonenjager-isaac-kane-ulrich-gilga-im.html

Erfreulich ist, dass diesmal wieder einige Leserbriefe mehr eingegangen sind, nachdem es beim letzten Band schwierig war, die Seiten zu füllen. Etwas, das leider den meisten Serien so geht; Michael Schönenbröcher hat ja schon mehrfach auf Romanheft-Seiten z.B. auf Facebook gesagt, dass das Feedback leider stark zurückgegangen ist. Für mich ist das aber einer der wichtigen Aspekte solcher Serien – der Austausch, die Diskussion über Ideen, Lob und Kritik und vieles mehr. Also – greift zum digitalen Stift und schreibt einen Leserbrief. Meine Adresse findet ihr oben – aber auch die Redakteure der anderen Serien, die ihr sonst noch lest, freuen sich über eure Zuschriften. Schließlich machen wir das hier aus zwei Gründen: Zum einen, weil es uns Spaß macht, Geschichten zu erzählen, an denen wir Freude haben. Und dann natürlich, um Leserinnen und Leser zu begeistern.

Das geht natürlich nur, wenn wir Rückmeldungen bekommen, wie die Sachen bei euch ankommen. Ich bin gespannt.

Falls ihr es noch nicht gesehen habt – mittlerweile habt ihr die Möglichkeit, einen Newsletter zu bekommen, in dem wir über Aktuelles aus dem Schreibprozess, »Behind the Scenes« und vieles mehr berichten. Und keine Angst – hier kommt nicht täglich etwas, sondern nur bei besonderen Dingen. Wie funktioniert das? Um in den Verteiler aufgenommen zu werden, schreibt eine Mail an newsletter@schreibwerkstatt-gilga.de und gebt im Text der Mail Folgendes an:
Die Mailadresse, an die der Newsletter geschickt werden soll und den Text " Ich möchte Post".
Wichtig – die Mailadresse muss im Text der Mail enthalten sein. So würde auch das Abbestellen funktionieren. Ich freue mich darauf, dich in Zukunft an dieser Stelle vorab über Neuigkeiten zu informieren.

Vielen Dank für eure Treue und bis zum nächsten Mal! Und wen von euch sehe ich in Marburg?

Vorschau

»Dämonenjäger Isaac Kane« – Wie geht es mit dem Team weiter? Was hat Gagdrar wirklich vor und wer könnte ihn noch aufhalten? Das Team steuert auf eine Katastrophe zu, aus der es kein Entkommen mehr zu geben scheint! Verpasse auf keinen Fall Band 11:

Misstrauen, Tod und Verdammnis. Das Team, das sich dem Bösen entgegenstellen soll, ist dezimiert und demoralisiert. Wer ist Freund und wer Feind in diesem mörderischen Spiel? Und wie verteidigt man sich gegen Gegner, deren Macht ausreicht, um Welten ins Chaos zu stürzen? Am Ende wird nichts mehr so sein, wie es war …

In wenigen Wochen erscheint mit »Abstieg in die Dunkelheit« der zweite Teil des Doppelbandes. Was bedeutet die Herkunft von Isaac für das Team? Kann Ian West noch gerettet werden? Und wie soll sich das Team gegen die geballte Macht von Gegnern stellen, die ihnen derart überlegen sind? »Abstieg in die Dunkelheit« – Begleite Isaac Kane auf seiner Reise in die Welt hinter den Schatten …

Die Baghnakh

Isaac Kane erhielt die Baghnakh von Chris van Buren in Band 2, nachdem Ian West sie für ihn angefertigt hatte. Hier ein Ausschnitt aus dieser Szene:

Ich sog die Luft durch die Zähne, als ich sah, was sich darin befand. Bei meinen Ausgrabungen hatte ich schon mehrfach eine Baghnakh gesehen, aber noch nie eine so individuelle. Die ›Tigerkralle‹, wie sie auch genannt wird, besteht aus einem flachen, handbreiten Eisen. An der Seite sind Ringe befestigt, um sie wie einen Schlagring zu führen. Am unteren Ende der Tigerkralle, die mir Chris hier zeigte, war ein geschwungener silberner Dolch mit mythologischen Zeichen angebracht. Wenn man die Kralle in der Hand hielt und die Faust ballte, zeigte der Dolch nach unten. Eine Besonderheit war der Teil, der in der Hand verborgen war, wenn man die Finger schloss. In der Regel waren auch hier eiserne Spitzen oder Klingen angebracht, aber es waren schwarze, geschwungene Krallen montiert worden. Mich beschlich ein Gefühl, etwas, das sich wie ein dunkler Schatten über mich legte. Ich sah Chris an.

»Sind die Krallen das, was ich denke?«, fragte ich.

»Falls du wissen willst, ob es die von Gagdrar sind: Ja, sie sind es. Deshalb hat West die Klaue mitgenommen, um diese Waffe für dich bauen zu lassen.«

»Aber was ist das Besondere an der Waffe? Der Dolch, die Krallen oder alles zusammen?«

»Es ist das Zusammenspiel«, antwortete Chris. »Die Platte ist geweiht, ebenso der Dolch, der aus gehärtetem Silber besteht. Beides zusammen sorgt dafür, dass die Energie in den Krallen umgekehrt wird. Das bedeutet für dich, dass du nicht Gefahr läufst, durch dämonische Magie verletzt zu werden, aber im Nahkampf kannst du, falls es dazu kommen sollte, den Dolch oder die Krallen benutzen, um jeden Dämon zu töten oder zumindest stark zu schwächen, je nachdem, wie mächtig er ist.«

Für alle, die sich fragen, wie die Tigerkralle eigentlich aussieht – **Thomas Greiwe** hat hier eine sehr schöne Variante gezeichnet.

Und wer mehr über diese Waffe und ihren geschichtlichen Hintergrund wissen möchte, dem empfehle ich eine Google-Suche nach "Baghnakh":

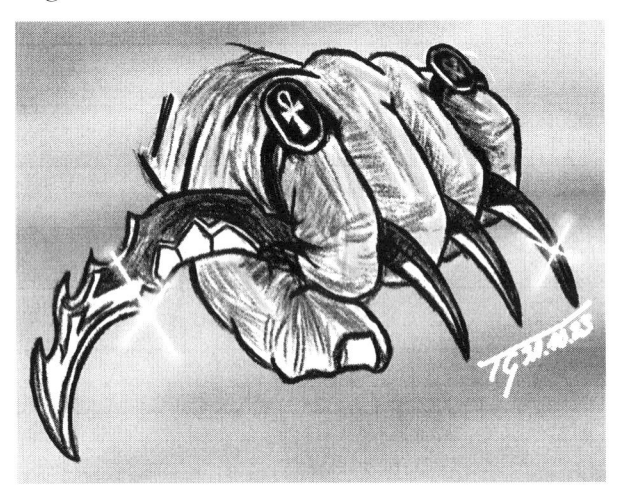

Zum Autor

Ulrich Gilga, Jahrgang 1969, liebt zwei Dinge ganz besonders: das Lesen und das Schreiben. Schon als Kind tauchte er in die Welten von Autoren wie Jules Verne oder Karl May ein. Alles, was spannend klang, wurde verschlungen! Gilgas Kindheit war geprägt davon, eigene Geschichten zu erzählen, Welten zu erfinden und Menschen damit zu begeistern. Natürlich spielten die ersten Storys dort, wo er sich auskannte: In den Tiefen des Meeres, auf dem Weg zum Mittelpunkt der Erde oder im Wilden Westen.

Doch dann ereilte den jungen Autor ein Weckruf, dem er sich bis heute nicht entziehen kann: Die ZDF-Reihe »Der phantastische Film«, in der Vampire, Werwölfe, Außerirdische und Monster regelmäßig im Fernsehen ihr Unwesen trieben. Grusel, Horror und Fantasy – dafür schlägt sein Herz.

Die Entdeckung des Grusel-Heftromans war da nur eine logische Konsequenz. Wann immer es Gilga möglich ist, nutzt er die Möglichkeit, sich aktiv an der Entwicklung der Serien zu beteiligen, sei es durch Leserbriefe mit Vorschlägen oder durch selbst verfasste Kurzgeschichten. Autoren wie Stephen King, H.P. Lovecraft, Clive Barker oder Dean R. Koontz sind auch aus seinem Bücherregal nicht wegzudenken. Genre-Fans werden auch die eine oder andere augenzwinkernde Hommage an die großen Meister in Gilgas Werken entdecken.

In Wirklichkeit arbeitet Ulrich Gilga allerdings in einer leitenden Position in einem deutschen Großkonzern. Das Schreiben gehört zu ihm wie seine Familie. Mit seiner Frau Andrea Hagemeier-Gilga, selbst Autorin und Filmemacherin, sitzt er oft zusammen und brütet Ideen für neue Geschichten, Serien oder Filme aus – immer umgeben von ihren Katzen.

Mit »Dämonenjäger Isaac Kane«, seiner Hommage an die Horror-Heftromane der 70er- und 80er-Jahre, begeistert er alteingesessene Genre-Liebhaber und solche, die es werden wollen. Gilga schafft eine Brücke zwischen alter Tradition und Modernität – seine Werke sind als Einstieg in die Phantastik durchaus auch für jüngeres Publikum geeignet.

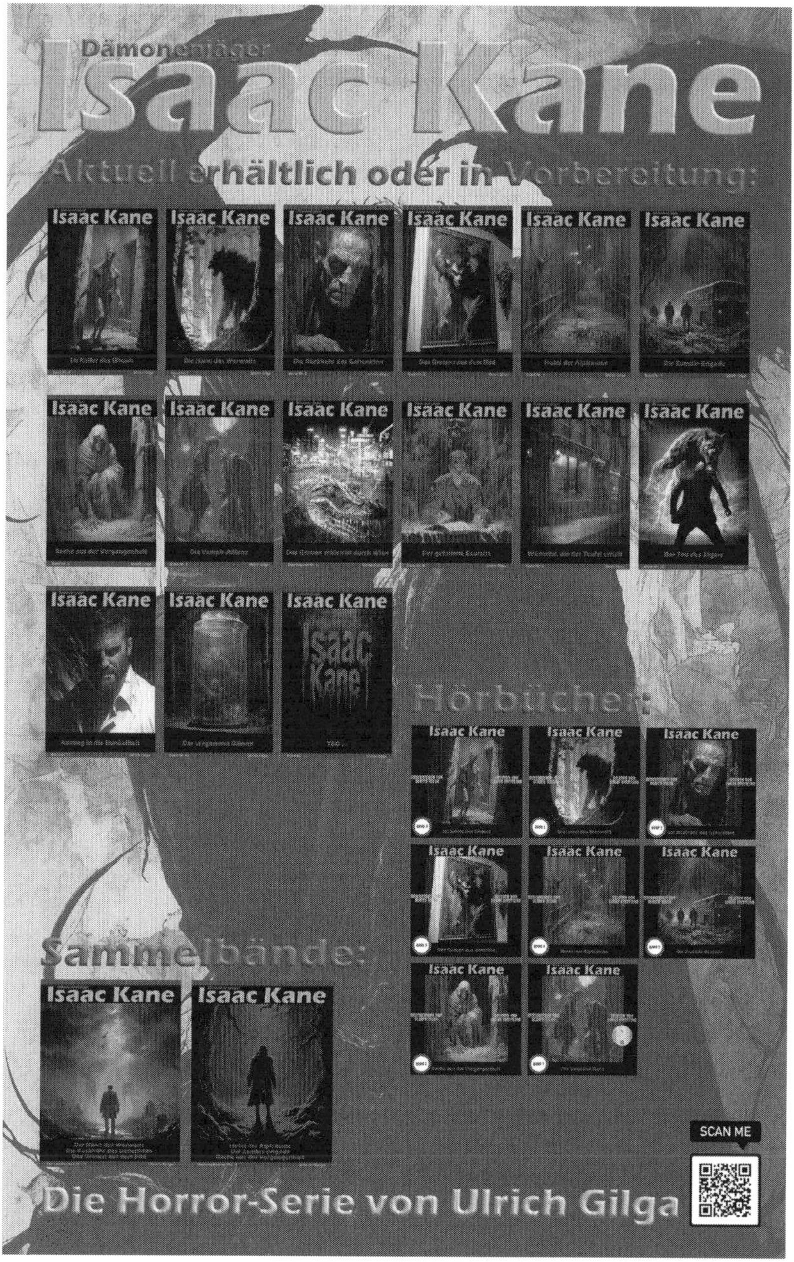
Dämonenjäger
Isaac Kane
Aktuell erhältlich oder in Vorbereitung:
Hörbücher:
Sammelbände:
SCAN ME
Die Horror-Serie von Ulrich Gilga

Printed in Poland
by Amazon Fulfillment
Poland Sp. z o.o., Wrocław
26 April 2025